百鬼繚亂夜行列車

地獄幽暗 亦無花

肆

路生よる

輕文學
Light Literature

目錄

主要登場人物

小野篁

總是神出鬼沒，身穿平安時代服裝的神祕人物。

遠野青兒

皓的助手，可以一眼看出別人的罪行。

西條皓

為煩惱的人們提供諮詢的神祕美少年。

紅子

眼睛宛如黑色玻璃的神祕少女。

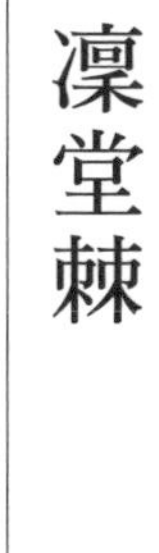

凜堂棘

聲名遠播的厲害偵探，被稱為「招來死神的偵探」。

究竟是案件引來了他們，還是他們引來了案件呢——

凜堂荊

棘的雙胞胎哥哥。

「藍色幻燈號」的乘客

石塚文武
鵜木真生
加賀沼敦史
伍堂研司
鳥栖二三彥
乃村汐里

第一怪◆野狂，或是序章

這世上，說不定有太過黑暗的夜晚。

＊

又到了逢魔時刻。

從另一個角度來看，還要等一段時間才會入夜。

（天空為什麼會這麼暗呢？是因為到了十二月嗎？）

地點是洋房的大門前。在從不落葉的巨大白花八角樹下，青兒抽著鼻子，小心避免把煙吸進肺部，用鞋底捻熄只吸了三口的香菸。他把充斥在腦袋裡的「好可惜」三個字和菸蒂一起收起來，乾咳一聲。

果然，因為還在鼻塞，菸抽起來一點味道都沒有，不過喉嚨已經不覺得刺痛，或許可以視為痊癒吧。

既然健康狀況已經大致恢復，稍微勉強自己一點也無傷大雅。這是青兒在長年的打工生活中自己發明的健康衡量法，如果醫生知道了，鐵定會狠狠罵他一頓。

（沒想到我會因為感冒而臥病六天，都躺到隔月了。）

一週前，青兒為了找尋醂劘而在雨中渾身濕透地跑了幾個小時——可能還要加上營養不足和全身疲勞——結果隔天早上就病倒了，還燒到三十九度。

接下來是咳嗽、流鼻涕、全身發冷、關節疼痛、噁心欲嘔……所有症狀全都出現了，可是青兒拒絕他人的照料，只把自己關在房間裡。

——現在才沒有這種閒工夫。

青兒的飼主——不對，是雇主——皓，以及女管家紅子都有要事在身。

『您的父親大人——魔王山本五郎左衛門，逝世了。此外，惡神神野惡五郎似乎也在昨晚死了。』

紅子說出這句話時如死人一般蒼白的臉孔，仍在青兒的腦海裡盤旋不去。

魔王山本五郎左衛門就是《稲生物怪錄》提過的知名妖怪，對於皓這個繼承人而言，那是他唯一的親人，也是無可取代的後盾。

（光是父親過世已經讓人很痛苦……）

由於半人半妖的身分，皓的敵人多到令人絕望的地步，如今更是四面楚歌。

萬事休矣、走投無路、前途無亮——青兒越想越覺得前方一片茫然，連天色似乎都變得更加昏暗。

即使如此，皓依然活著，依然在青兒的身邊。光看這一點，青兒就覺得事情還有轉圜的餘地。光是皓還活著就夠了。

（可是……）

青兒正在沉思，突然打了個大噴嚏，背脊也開始顫抖。看來他距離真正的痊癒還有很大一段距離。

（要是病情又惡化，那就太慘了。）

被寒風吹得縮起身子的青兒，從貼著「請進入」紙條的大門回到玄關大廳，正要往右邊走，卻突然「啊」了一聲停下腳步。

他看到紅子站在突出的窗子前。她依然穿著那身紅黑二色的日式女僕裝，凝視著窗台上空蕩蕩的魚缸。

（她該不會打算讓魚缸一直留在那裡吧……）

是的，直到上個月為止，那條名叫「紫苑」的金魚——紅子的雙胞胎哥哥——還在那個魚缸裡，但他如今已經不在了。十天前，他在奧飛驒的那次事件裡成為皓的替身死去。

（聽皓說，「紫苑」這個名字是紅子取的。）

她以別名「思念草」的紫色小花為哥哥命名。青兒不顧發燒到頭昏腦脹，還是用手機查了紫苑的花語，結果看到「忘不了你」。

該怎麼說呢……他無言以對。

或許紅子早就料到兩人總有一天會分離，才為他取了這個名字吧。青兒覺得，那個空蕩蕩的魚缸裡彷彿裝滿無法忘懷的思念。

要怎麼開口跟她說話呢？青兒還在束手無策地苦思……

「你回來了。」

紅子率先向他搭話。

「身體好一點了嗎？」

「啊，是的。托妳的福，已經好得差不多了。」

「聽說抽菸會降低免疫力，乾脆趁著這個機會戒菸吧。」

「呃……皓一樣在書房裡吧？」

青兒裝作沒聽見，本來想要馬上離開，卻又停下腳步。

他猶豫了一下，又轉向紅子。

「青兒先生……」

紅子喚道。青兒回頭一看，紅子搖盪著黑髮，朝他深深一鞠躬。

「咦？怎、怎麼突然向我行禮？」

「都是多虧青兒先生，皓大人如今才能平安無事，今後也請你多多照顧。」

「呃，好的。可是，我覺得由妳來當皓的助手應該比較好……」

「沒關係，等到我該出馬的時候，我再下麻醉藥把你換掉。」

「……」

「開玩笑的。」

少騙人了！

「可是，那個……好的，如果碰到最壞的情況，我拚了命也要讓皓平安回來。」

「這是當然。但可以的話，我希望你也能一起回來。」

紅子突然來這麼一句，令青兒感動到有些鼻酸。

「……好，我會加油。」

青兒從心底擠出這句話，也朝紅子深深一鞠躬。看著紅子往廚房走去，青兒才前往書房。

「我回來了～」

門內還是那幅熟悉的景象，正前方是一扇掛著舞台布幔般厚重窗簾的落地窗，右邊是幾乎占滿整面牆壁的書櫃，此外……

「喔喔，青兒，你回來啦。」

說話的人在中央那張桌子前，坐在有著植物曲線的安妮女王式椅子上。他穿著一襲白色和服，凸顯出百花之王這個別名。那是皓。

這在青兒的食客生活中早已是司空見慣的場景，但是在這一週裡，他已經養成每次看到皓都會鬆一口氣的習慣。這是後遺症，或者該說是條件反射。

「你來得正好，我有一件事想跟你說。先喝下午茶吧。」

過一會兒，紅子就推著推車進來，迅速在桌上擺好茶與點心。光是看到眼前那盤剛出爐的蘋果派，青兒就覺得心中洋溢著溫暖。

他立刻拿起叉子大快朵頤。

「你的身體已經沒事了嗎？」

「啊，我全都好了……咳！」

糟糕，咳嗽的症狀還沒好。

「對、對不起，這次恢復得比較慢。」

「沒關係啦，這不是普通的感冒，恢復得慢也是無可奈何。」

啊？什麼意思？

青兒看著皓，愕然地眨著眼。這十天來，皓跟他根本無暇交談，青兒很久沒像這樣和皓坐在一起。

臉色好差。皓原本就白皙通透的肌膚如今血色盡失，甚至隱約出現黑眼圈。青兒很想說「我才想問你是不是沒事了」，好不容易才把這句話吞回去。

因為皓不可能沒事。

「好啦，該從哪裡說起呢？」

皓輕嘆一口氣，啜飲著紅茶。青兒也跟著喝了一口，暖意頓時擴散到全身。

「先說棘的事吧。多虧紅子的急救措施做得好，他的傷口很快就包紮好了，但因為出血過多，心跳還停止一段時間。他的身體狀況如今算是平穩，但精神受到很大的打擊，直到現在還沒恢復意識。」

「……這樣啊。」

這也是當然，畢竟棘這五年來一直在哀悼死去的雙胞胎哥哥，結果哥哥不只突然活生生地出現在他面前，甚至把霰彈槍的槍口朝向他。

「……真是天妒英才啊。」

「呃，我說啊，棘還沒死耶。」

「我只是覺得他恢復意識後一定會帶來更多麻煩，所以一不小心就說出真心話……」

皓單手按著自己的臉，深深嘆氣。

……他看起來好疲倦。

青兒差點脫口說出：「要不要抽根菸？」可是腦海裡突然浮現拿著菜刀的紅子，嚇得他趕緊閉上嘴。只要別自己找死就不會死。

「棘的事就先不管，我要進入正題了。」

皓如此說道，但又猶豫地咬住嘴唇。青兒正覺得被丟到一旁的棘有些可悲時……

「沒死的好像不只是棘一個人。」

「咦？你說的是誰？」

青兒緊張得聲音都拔尖了。

「我的父親——山本五郎左衛門，還有神野惡五郎。」

喂喂喂，真的假的！

「可、可是，紅子在一週前明明說過他們已經死了。」

「是啊，確實不是活著，但也不能說是死了。」

到底是怎麼回事？看青兒一臉愕然，皓輕輕吐了一口氣，把茶杯放回盤子上。

「簡單說，他們的屍體一直維持原狀，沒有腐壞。」

「呃？意思是？」

「意思是他們的魂魄還活著。也就是說，他們沒有被殺死，只是魂魄從身體這個容器裡被取出來罷了。照這樣看來，他們的魂魄應是以某種方式被封起來了，如今可能還在荊的手上。」

「唔……所以只要能取回他們的魂魄，重新放回身體裡的話……」

「是的，他們或許可以復活。不過這才是最麻煩的地方。」

皓語氣苦澀地繼續說道。

「如果兩個魔王的魂魄都在荊的手上，那就是最有價值的人質。」

青兒忍不住「啊」了一聲。

想想確實是這樣，如果荊不「殺死」他們，而是刻意選擇「封印」這種手段，那他鐵定有所圖謀。

自古至今，每個凶手抓了人質之後會做的事……

「哎呀，說曹操，曹操就到。」

皓邊說邊站起來，朝著昏暗的窗外張開雙手。

「那我就聽聽你的要求吧。」

青兒正想問「是誰」，一陣風突然吹來。

以冬天的黃昏天空為背景，窗簾輕盈飄起，風停以後，桌上出現一簇藍色鬼火。鬼火在虛空中逐漸熄滅，下一瞬間，小野篁就出現在椅子上。這個人每次出場都要自帶特效。

「你今天又是為了什麼事而來呢？」

「我被閻魔殿開除了，所以來打聲招呼。」

……等等。

等一下，他剛才說了什麼？

「呃……這是什麼意思？」

難道陰府也有裁員潮嗎？青兒還來不及說出這句話，皓就先開口了。

「前陣子和青兒聊到照妖鏡時，我對他說過『搞不好還有一個叛徒就在我的身邊』。」

「嗯，是啊，確實是如此。」

「這個人就是你吧。」

青兒彷彿被人從頭澆了一盆冷水，頓時感到全身冰涼，連指尖都在發冷。他消化不了剛剛聽到的那句話。

「這是騙人的吧？」

他好不容易才問出口，心中期待著皓會像紅子一樣回答「是的，我在開玩笑」。

「呃，等一下。這怎麼可能？他可是篁耶。」

「……就因為他是篁。」

皓回答的語氣平靜得很不自然，彷彿刻意壓抑了感情。

「我不是說過照妖鏡被妥善收藏在某個地方嗎？」

「呃，是啊，你確實這麼說過。」

「那個地方就是閻魔殿，而且負責管理的人就是篁。」

皓似乎是這麼想的——

照妖鏡的碎片會散落在人間，代表原本被收在倉庫裡的照妖鏡被偷了、消失了，再不然就是損壞了，或是遭人掉包了。但負責管理照妖鏡的是篁，他有可能犯下這種錯誤嗎？

「所以我又想到，如果篁也跟他們是一夥的，應該很容易掩人耳目。」

皓請閻魔殿幫忙調查這件事，結果發現照妖鏡被巧妙地換成贗品，連保管紀錄都遭到刪改。

能夠做到這件事的人都有嫌疑。

「於是閻魔殿開始進行內部調查，上次發生那件事時也沒有讓篁知道我的下落，而是由閻魔大王親自指揮其他屬下去找尋荊。」

青兒在腦中回溯起前陣子的事。

在搜索皓的過程中，篁特地來探訪過青兒。或許篁不是出自體貼才來向他報告調查情況，而是要來打探皓的下落。

（可是，他是皓懂事之前就認識的人耶……）

聽說他們還經常聊天、一起玩陞官圖，他對皓來說簡直就像個大哥哥。

清脆的聲音響起，篁露出苦笑拍著手說：

「不愧是皓大人，真厲害。不過我真沒想到，原來您這麼不信任我。」

「很不巧，我長久以來除了紅子以外誰都不相信。」

聽到皓平淡地如此回應，篁靜靜地垂下眼簾，像是十分憐憫。

「您還是一樣過得這麼辛酸。」

「這個……應該不是現在的你有資格說的話。」

皓的語氣沒有起伏，卻更讓人感到他壓抑的感情有多強烈。

（喔喔，原來是這樣……）

皓從出生以來一直處於腹背受敵的狀態，對他來說，除了紅子以外，任何人隨時都有可能背叛。他先前的人生都是這樣提防著所有人。

青兒突然想起一句話。

『所以我覺得只要你還是我的助手，我就應該相信你。』

說不定……皓在九州孤島的那次事件中對青兒說的這句話，比他想像得更可貴。

「遇到荊之後，我覺得比起我，他和你更加相像。」

皓直視著篁說道。

「鬼才、怪傑、異人……你擁有符合這些稱號的才華，卻又會做出被世人稱為狂人的行徑——如同你的外號『野狂』。你從前曾經不顧抗命之罪，堅決不肯登上遣唐使的船。江山易改，本性難移，你本來就不是閻魔大王管得住的人。」

青兒知道皓接下來要說的是「可是」。

——可是，你為什麼要背叛？

篁拿出一個信封，彷彿要阻止皓提出問題。

「今天我是來送這個給您的。」

信封上有著深藍色的封蠟，看起來像是邀請函。皓謹慎地拆封，從裡面拿出兩張紙。

「這是車票嗎？」

那是色彩如夜空一般的長方形紙張，上面有燙金的星星及月亮圖案。出發站是東京站，出發時間是明天晚上六點。

列車的名字是「藍色幻燈號」。

「這是荊大人給您的挑戰書。說得直接點，他以令尊和神野惡五郎的魂魄為人質，正式向您提出決鬥的要求。」

「決、決鬥……難道他要和皓互相廝殺嗎？」

青兒一聽就嚇得直發抖，篁以安撫小孩的語氣說：

「不，跟以前一樣，要用推理來決勝負。雙方都只能帶一位同伴，和閻魔殿做過的約定還是有效的，直到抵達終點站為止，雙方都不能直接傷害對方，如果違反規定就視為落敗。」

也就是說，皓的對手由棘變成荊，兩人要在這新的擂台上展開僅限一夜的魔王寶座爭奪戰——大概是這個意思吧。

「為此特地包下一輛列車？他還是這麼喜歡裝模作樣的舞台裝置啊。」

皓不屑地說道，然後輕輕地甩了甩頭。

「如果我贏了會怎樣？」

「那就是神野惡五郎那一方輸了，他們會正式承認您魔王的地位。當然，您父親的魂魄也會立刻被釋放。」

「如果我輸了呢？」

「那兩位魔王的魂魄會被消滅，由荊大人坐上魔王的寶座。」

「……如果我拒絕決鬥呢？」

「如果要符合壞人的角色，我應該說：『那我就不能保證人質的安全了。』」

「聽起來我好像沒有選擇的餘地呢，畢竟我還沒有強大到少了魔王山本五郎左衛門這個後盾還能活下去。」

皓的話語中透露出冰冷的怒氣，但又咬緊嘴唇。他閉上雙眼，停頓了比眨眼更長的一段時間。

「……知道了，我答應決鬥。」

青兒根本來不及說出「怎麼可以」。

接著皓睜開眼，用銳利如箭的眼神直視著篁說：

「無論你有什麼理由，我之後都不會放過你。」

「……這是我的榮幸。」

說完以後，篁的身影就消失了。他走的時候還是像蠟燭熄滅般悄然無聲。

現場依然籠罩在沉默中。

留在原地的皓，側臉看起來彷彿很疲倦，又彷彿很受傷。過一會兒他才深深地呼出一口氣，喝完杯中最後一口茶。

「其實我有件事一直很想跟你說。」

「是、是什麼？」

「是關於你逃避的習性。」

皓突然這麼說。

「我稍微調查過你的背景。你很少受到重視，或許是因為這樣，你始終沒有發現自己的價值，對自己的工作或將來也沒有半點展望，只要碰上一點挫折就想逃跑。不過，如果是為了別人，你卻會變得很拚命。」

說到這裡，皓忍不住笑了，像一朵輕輕綻放的白牡丹。不過，那表情僵硬得難以稱為微笑。

「可是，你這樣做等於是在逃避人生。沒有工作、沒有家、沒有錢——就算什麼都沒有，那也是你自己的人生，所以，請你試著努力一點。」

然後，他從懷中拿出對摺的紙張。

青兒接過來，打開一看，上面寫著陌生的地址。其中還有公寓的名稱和房號，看來應該是出租的套房。

「這是你的新住處，是在你臥病期間準備的。我已經付清半年的房租，可以的話，你今晚就搬過去吧。至於你那三千萬圓的債務，我以後再跟你慢慢算。」

青兒「咦」了一聲就說不出話來。他的視線如缺氧般變得朦朧，好不容易吞了一口口水。

「可、可是，你明天就要和荊決鬥……」

「我會帶紅子一起去。如果只能帶一個人，她比你更適合。」

「等一下！那個，請先等一下……難道我被開除了？」

被青兒這麼一問，皓低下臉，那大概是默認的意思吧。不，青兒自己也很清楚，根本用不著問，這是貨真價實的解僱通知。但是……

（不對，他不是真的想要開除我。）

這不只是直覺，青兒幾乎可以確信。

我不需要你這個助手——無論事實再怎麼殘酷，如果皓說的是真心話，他不可能會移開目光。

所以……

青兒握緊那張地址，站了起來。

（剛才有跟紅子小姐說到話，真是太好了。）

青兒在心中對自己說道。如果他做錯什麼事，紅子就算要給他下麻醉藥也會阻止他。能夠這樣相信一個人讓他很開心，能受人信任也是。

所以……

「我拒絕。」

青兒說完，撕碎手中的紙張。

一陣風吹來，粉碎的紙片如蝴蝶般隨風飄起，在昏暗的天空中展翅飛走、消失。

「我不知道自己是不是猜對了，不過，我覺得你只是在擔心我。」

青兒回頭一看，發現皓訝異地睜大眼睛。他沒等皓回答，搶先說道：

「但我也一樣，如果你叫我走，我會帶著你一起逃走。」

「……啊？」

「我活到這個年紀並不是一直都在打混逃避。只要我肯努力，什麼都做得到……呃，不是啦，那個……」

青兒不知道自己想說什麼，也不知道自己能說什麼，但他還是努力地試著說出來。最後，他想說的只有這句話：

「如果你不喜歡我逃避，那就帶我一起去吧。不管你要去的是什麼地方，只要你能健健康康活著，我就很滿足了。」

皓好一陣子都沒有回話。

他似乎想說什麼，但嘴巴張開之後又闔上，像是把快要說出口的話勉強吞回去。接著，皓做了個深呼吸。

「……是嗎？」

「是啊。」

「就算我要去的地方是地獄？」

「就算是地獄也沒關係，不會有問題的。」

青兒又加了一句「因為你是皓嘛」，皓一聽就露出青兒從未見過的表情，彷彿差點哭出來，卻又用微笑掩飾。

「呵呵，其實我也是這樣想的。」

「……果然是這樣。」

「是啊。」

如果有其他人在場，一定會覺得青兒說這些話只是在逞強或虛張聲勢。不過此時只有他們兩人，所以這些話是千真萬確的。

即使青兒沒有任何根據，也沒有自信，但這些話絕非謊言。

「那麼，青兒，以後的事就先不說了，你願意陪我走到地獄的門前嗎？」

青兒點點頭。其實他也只能點頭，因為他深知自己絕對無法走在前頭拉著皓，也無法跟皓並肩而行。

即使如此——

至少青兒還是可以跟在皓的身後，在他突然絆到腳時稍微扶他一把，防止他跌倒。所以，今後青兒還是想走在皓的後方。

然後，夜晚終於降臨。

第二怪◆百鬼夜行

一夜過去，又到了夜晚。如同往常，青兒還是和皓兩人一起搭計程車去東京車站。雖然太陽還沒下山，車窗外的街景卻是一片昏暗……不對，應該說是一片白。

到處都是霧。

從手機裡的天氣預報APP來看，從東北到九州都發布了濃霧特報。原本熟悉的夜景，如今變得像煙一樣白濛濛的，窗外彷彿成了另一個世界。

白霧中的高樓大廈看起來像是墓碑，其間的車流就像亡者的隊伍般遲遲不動。人和車明明都不多，不知為何會塞車。

青兒看看儀表板上的電子時鐘，現在已經五點了。真的來得及嗎？

不過他再擔心也沒用。

「呃，『藍色幻燈號』是怎樣的列車啊？」

「那是今年一月開始營運，從東京發車的觀光列車。」

皓像是期待已久，連珠炮似地開始解釋。

「那是用來接替以前被暱稱為『藍色列車』的北斗星號和仙后座號的夜行臥舖列車。由於二〇一三年在九州JR線開始營運的『九州七星列車』非常成功，所以為因應第二次東京奧運而製造的。」

「花了多少預算啊？」

「大概要三十億圓吧。」

「……如果打個折應該可以買下一個國家吧？」

青兒愕然說道，皓一聽忍不住摀著嘴笑了。皓還是一樣缺乏緊張感呢，不過青兒自己也沒資格說他什麼。

「話說回來，虧他有辦法包下這輛列車。」

「這輛列車本來就有在提供財團企業包租做為派對會場，而且深夜時段也比較容易安排臨時加開的班次。」

原來如此，大家都說金錢無所不能，看來確實是如此。

「這輛列車也能當成陸上的豪華客船來接待賓客，就像是在鐵軌上移動的高級旅館。雖然有人批評這是現代的貴族享受，但是既然有歐洲的東方快車為先例，也沒辦法再說什麼。」

嗯？這個名詞好像在哪裡聽過？

「因為有一本全球聞名的推理小說叫《東方快車謀殺案》，所以你很容易就能聽到這個列車名。」

依照皓的說法，「東方快車」是一八八三年的春天由知名的國際臥鋪列車公司製造的，是全世界第一輛豪華臥鋪列車。

它曾經被譽為「藍色貴婦」，居於豪華臥鋪列車的巔峰。

王公貴族、富豪、高官……載了各種上流階級人士的這班列車，可說是歐洲一大社交圈。到了第一次世界大戰後的黃金時代，被譽為「偵探小說女王」的阿嘉莎・克莉絲蒂出版了不朽的名著《東方快車謀殺案》。

可是，青兒光是聽到謀殺案就想到「死亡 flag」，這算是職業病嗎？

此時，皓轉頭望向窗外。

「喔喔，終於到了。」

沒過多久，白霧的面紗之後出現了熟悉的東京車站周邊高樓。

兩人在八重洲口的計程車站下了車，一起走向車站。皓帶頭穿越如波浪般起伏的白霧，青兒跟在他後面。

室外的空氣冰冷刺骨，比天氣預報所說的更冷，所以青兒看到驗票閘門時不禁鬆一口氣。

「看來應該是趕得上了。」

皓喃喃說道，同時把厚厚的圍巾拉到嘴上。這是紅子親手編織的圍巾。

「唔……從平面圖來看，前面還有專用的貴賓室……啊，就在那裡。」

青兒突然停下腳步。

因為他指著的方向出現一個熟悉的人影。令人不得不抬頭仰望的高挑身材，黑色燕尾服，白手套——看起來像是乘務員的打扮，但是他穿起來太有型，簡直就像管家一樣。

——是篁。

「歡迎，我正在等候兩位。」

篁的嘴唇浮現一抹淺淺的笑意，儀態優美地行了個禮，然後從衣襟底下拿出懷錶，「啪」一聲打開蓋子。

「列車就快開了，請由專用貴賓室底端的直達電梯前往月台。其他乘客都已經上車，總共有六人。出發以後會立刻帶兩位去晚餐席位，所以放下行李之後請直接到休息室……」

「咦？等一下，六人？難道這些人都是我們的對手嗎？」

「不是的，請不用擔心，這次比賽還是和以前一樣的地獄審判，我之後會再說明。」

篁像是要制止青兒繼續發問，拿出一個信封，青兒急忙接過來，打開一看。

「……鑰匙？」

黃銅的顏色、古典的風格，那是一把老式鑰匙。鑰匙握柄的洞綁著一條緞面絲帶，掛在上面的軟木牌子印著數字「三〇二」。

「這是客房鑰匙，兩位的房間是三〇二號房，信封裡還附了列車平面圖，可供參考。」

青兒打開信封裡的紙張，上面寫著車廂的編制。

第一節是機關車頭，最後面是觀景車廂，中央兩節是休閒車廂和餐車，前後各有兩節包含兩間客房的臥鋪車廂，總共有八節車廂。

每間客房都有編號，而且一併附上乘客的名字。

「……荊呢？」

聽到皓訝異地發問，青兒也「啊」了一聲。

真的沒有。

凜堂荊的名字不在裡面。難道他又假扮成別人？正當青兒這麼想的時候……

「荊大人在最後一節的觀景車廂。比賽期間，車門都是鎖上的，所以他沒辦法進入臥鋪車廂。」

青兒忍不住「咦」了一聲。

等一下，其中一方參賽者怎麼可以不出現在擂台上？

「兩位的對手是擔任荊大人同伴的乘客，也就是代理人。」

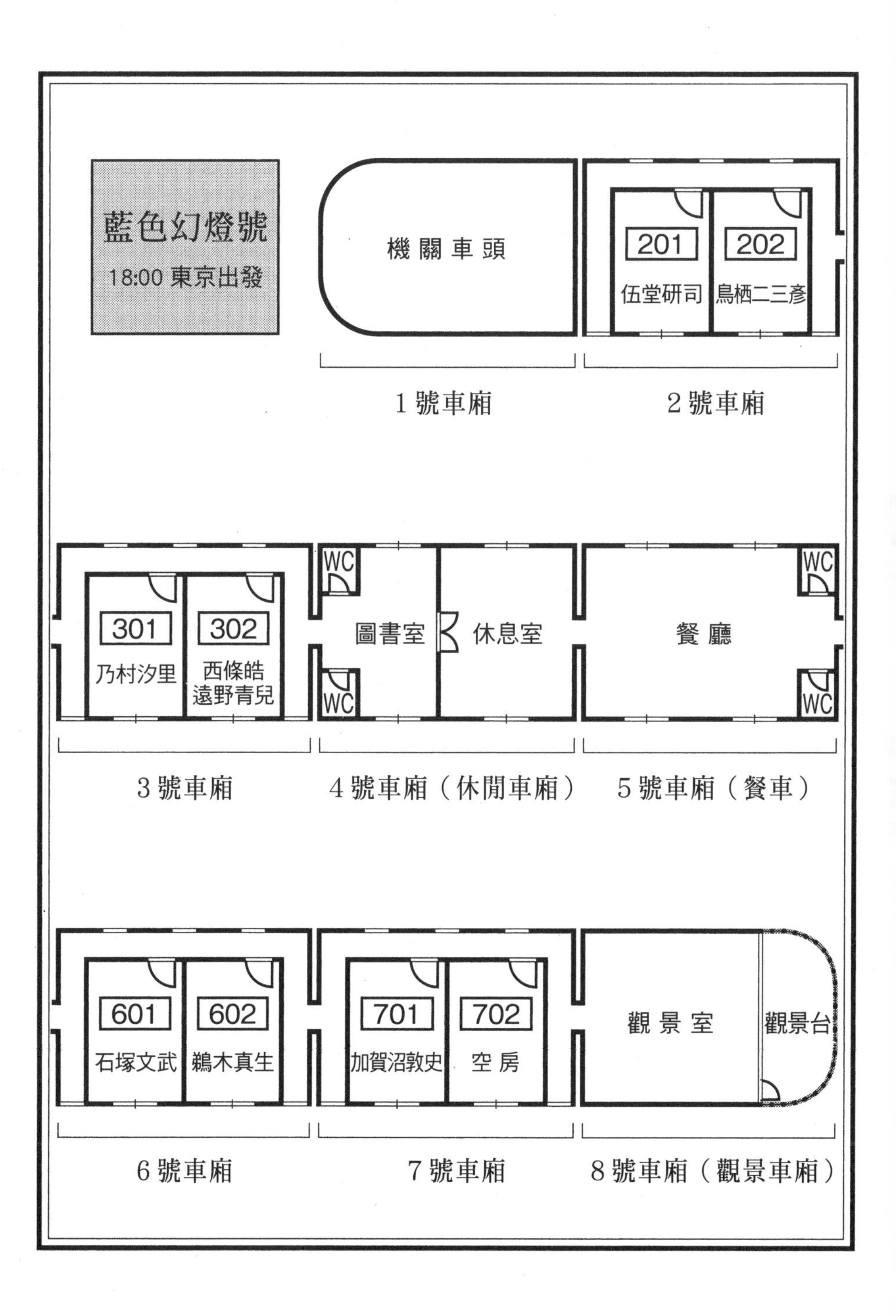

藍色幻燈號
18:00 東京出發
機關車頭
201
伍堂研司
202
鳥栖二三彥
1號車廂
2號車廂
301
乃村汐里
302
西條皓
遠野青兒
WC
圖書室
休息室
WC
WC
餐廳
WC
3號車廂
4號車廂（休閒車廂）
5號車廂（餐車）
601
石塚文武
602
鵜木真生
701
加賀沼敦史
702
空房
觀景室
觀景台
6號車廂
7號車廂
8號車廂（觀景車廂）

他還真的不出現。

「……這樣啊，他還是一樣喜歡隔岸觀火。」

皓諷刺地說道，然後無奈地嘆一口氣。

「所謂的代理人是你嗎？」

「不，我只是見證人。為了保證比賽公平，由我來負責裁判。」

「一切都跟以前一樣嗎？」

「是的，都跟以前一樣。」

「……真奇怪，講得好像你不是我的敵人似的。」

「我從一開始就不打算成為皓大人的敵人。」

篁以溫柔得令人難以置信的表情微笑說道。皓輕輕地咬住下唇。這時青兒想起了皓以前說過的話。

——再也沒有比篁更難看出心思的人了。

說得一點都沒錯。

「那我先失陪了，祝皓大人武運昌隆。」

話一說完，篁就消失無蹤。皓的背影看起來像個被遺棄的孩子，青兒不禁感到揪心。

「那個，皓……」

青兒正要開口，皓就像是故意制止似地走開了。他穿越裝潢得高貴奢侈的貴賓室，搭電梯前往月台。

既冰冷，又安靜。

平日的月台上總是擠滿來欣賞列車的鐵道迷，今天卻顯得很冷清，或許是因為起霧的緣故。無聲撫過臉龐的霧氣冷到刺痛皮膚。

「啊，就是那輛列車吧。」

如同在回應這句話，一陣夜風吹起白霧的面紗。

由柴油機關車拉著的八節車箱列車，宛如亡魂般幽幽浮現。漆成夜空般深藍色的車身如鏡子光滑，側面有一條金線，以月亮和星星設計而成的標誌裡寫著列車名字的羅馬拼音。

——藍色幻燈號。

「唔……我們的房間是在三號車廂吧？」

「哎呀，剛好停在我們面前。」

皓說完就走向自三號車廂伸出來的黃銅色階梯。

「等一下，皓……」

青兒緊張得聲音拔尖，但他總算能開口跟皓說話了。

「那個，該怎麼說呢……你是不是應該再跟篁談一談啊？」

「……為什麼？」

「我覺得，你本來一定很相信篁，所以才會這麼生氣、這麼難過。因為『叛徒』這個詞只能用在本來是同伴的人身上。」

在青兒看來，皓和篁的交情非常深厚。或許那並非全是在演戲。

「坦白說，我完全不知道篁在想什麼，所以我更覺得應該趁著還有機會發問的時候好好問清楚……因為我自己錯失過機會。」

青兒邊說邊握緊拳頭，彷彿要揮開腦海中那具死在浴室裡的屍體，彷彿要在手心捏碎「後悔」二字。

皓轉過頭來，如同看到炫目的東西瞇起眼睛。

「真有你的風格呢，青兒。」

他照例用那種感慨的語氣說道。

「坦白說，我覺得我對事情的看法比你更像人類。那個人害你背上大筆債務，最後還丟下你而自殺……會把這種叛徒稱為『朋友』的人才奇怪吧。」

接著，皓露出有些寂寞的表情微笑著說：

「不過，我還挺想學學你的……雖然我多半做不到。算了，這件事以後再說吧，十分鐘以內列車就要開了。」

「好、好的！對不起！」

青兒慌慌張張地跟著皓走上階梯。

一踏進車廂，青兒就覺得空氣不太一樣。不是因為空調，而是隱約有種異樣感，簡直像是從現實誤闖了虛構的世界。

「……這裡該不會又設了結界吧？」

「非常遺憾，我覺得很有可能。」

皓拿在手上的手機顯示著待機畫面，看來果然收不到訊號。

「……要回頭嗎？」

「坦白說，我也很想走，可是人質還在對方手上。」

青兒沮喪得想要抱膝蹲下，皓則是遙望著遠方。

「也、也是啦，反正這次我們已經準備了對策之類的東西。」

青兒邊說，邊用指尖敲敲戴在右耳上的耳骨夾。這是皓為了今晚幫他準備的，不過跟他的風格一點都不搭。

「呵呵，說『之類的東西』也太可悲了。」

兩人感嘆著無奈的處境，心不甘情不願地走進玻璃製的自動車廂門。一節車廂只有兩個房間，絕不可能弄錯，他們一下子就找到三〇二號房。青兒正想拿出鑰匙才突然發現一件事：門上有一個貓眼，卻看不到鑰匙孔。

「喔喔，這個乍看像是老式鑰匙，原來是電子鑰匙啊。門把上應該有感應器，你把鑰匙靠上去看看。」

「呃，像這樣嗎……喔喔！打開了！」

門內發出喀嚓一聲，鎖開了。

「呃，打擾了。」

「如果聽到有人回答才恐怖吧。」

他們走進往內開的門。回頭一看，安裝在門扉內側的輔助鎖自己慢慢地轉了半圈，想必這是自動鎖。

（唔……燈的開關在……啊，找到了。）

室內的燈光全部亮了起來。

「哇喔，好大！」

門邊的地板是寄木細工(註1)，房裡鋪的是象牙色地毯。

左手邊有兩張特大尺寸的床，右手邊有兩扇門，近的那個是衣櫃，遠的那個是浴室兼廁所。包括窗邊兩張面對面的沙發在內，整個房間的家具都是古典風格。

青兒覺得自己突然從車上跑到歐洲的高級旅館，不由得有些暈眩。要是一個不小心，好像會沉浸在夢裡，回不了現實。

不過，這個夢多半是惡夢。

大致檢查完客房的設備以後，青兒在桌上發現了名牌。他開始換裝打扮，那當然是紅子親手做的三件式西裝。

不需要換衣服的皓在窗邊沙發坐下。他的側臉看起來異常嚴肅，令青兒感到一陣不安。遲早都要面對的，這輛列車今晚一定會發生什麼事。

「嗯……這個還是你帶著吧？」

換完衣服的青兒在皓的對面坐下，然後掀開外套，露出內側的槍套，裡面插著一把跟棘借來的左輪手槍。順帶一提，這是S&WM19型的。

「唔……從外表來看，你拿著比較有威嚇的效果。」

「也是啦。」

「與其拿槍，我還不如召喚妖怪出來更有威脅性。」

「……也是啦。」

註1　利用木頭色澤差異而拼接出幾何圖案的工藝技術。

對話自然而然地中斷了，青兒望向封死的車窗。

列車依然被籠罩在濃霧中。

霧氣之外只有黑夜，這片景色會讓人產生一種錯覺，彷彿除了月台之外，整個城市和路人都不存在。

「呃……《東方快車謀殺案》的故事該不會也是發生在起霧的夜晚吧？」

「呵呵，我想到的是《銀河鐵道之夜》。」

「就是喬凡尼和坎帕奈拉的那個……那個故事是在說什麼啊？」

「那是宮澤賢治的童話作品，說的是家境貧窮的少年喬凡尼和好友坎帕奈拉一起搭上銀河列車去旅行的事。」

喔，小學的時候好像看過……話雖如此，青兒只記得裡面有很多美麗的描述，像是天上的河流和銀河和水晶之類的，除此之外他什麼都想不起來。

踏上遙遠旅程的兩人，最後平安無事地回到家了嗎？

「差不多快到出發的時間了。」

皓緩緩起身，青兒也跟著他一起走出房間。

朝著列車行進的反方向走去，來到一個看起來像書房的地方。從平面圖來看，這是取名為「圖書室」的公共空間。

如名稱所示，附玻璃門的書櫃裡放了和鐵路有關的書和寫真集。書桌上有一個散發橘色燈光的檯燈，此外還擺著便條紙、鋼筆等文具，還有一台和客房一樣的電話。

「哎呀，這裡的窗子和客房的不一樣，可以打開呢。」

「喔，真的耶。」

眼睛真利。這窗子可能是用來通風的，只要轉動搖柄就能讓玻璃窗上下移動。

好啦——

觀賞過一輪以後，兩人離開圖書室，車廂的另一邊是休息室。

「喔喔！這也太豪華了！」

青兒看得目瞪口呆，忍不住發出驚呼。

休息室給人的第一印象完全像是高級旅館的酒吧，奢華的美術吊燈底下已經來了四個人，各自拿著先行送上的香檳杯。

青兒最先注意到的是直立式鋼琴旁邊的兩張高腳椅，一張坐的是看似女高中生的十幾歲少女，坐在她對面的是一位大約三十多歲的女性，其中一人穿著華麗的禮服，另一人穿的是樸素的上班族套裝，兩人的打扮大相逕庭。

她們身邊還有兩位看起來截然相反的男性。

一個是皮膚黝黑、身穿皮外套的二十幾歲男性，另一個則是貌似嚴厲教師的年長男性，他的手邊不知為何放著威士忌酒杯。

（咦？奇怪……不是說有六位乘客嗎……）

——看到了。

牆邊有一位矮小的青年，他穿著寬大的帽T和牛仔褲，耳裡塞著耳機。青兒正在猜想他或許是大學生的時候……

室內突然充滿妖怪。

「咦？」

青兒首先注意到的是他有印象的妖怪。

第一隻是「精螻蛄」，特徵是裂到耳邊的大嘴和禿頭，牠用老鷹般的利爪攀住高腳椅的椅背，在牠對面的是跨開雙腳站立的「反枕」。第三隻是「洗豆妖」，看起來是個和孩童一樣矮小的老爺爺，正在一個木桶裡洗東西。

然後……

「咿！」

讓青兒忍不住發出驚呼的是一個滿身是血的嬰兒。沙發變成有著巨大刀痕的石頭，嬰兒就躺在那個石頭上，扭曲著如爬蟲類一般的臉孔哇哇大哭，不知道是因為飢餓還是怨恨，或是悲傷。

突然間……

牆邊冒出一條黑影。一隻滴著口水的餓鬼用充血的眼睛瞪著青兒，接著伸出兩隻手指，像是要撕下他的臉頰肉。

「哇！啊！」

青兒踉蹌地後退幾步，差點跌倒，還好有一隻手扶住他。是皓。

「到底有幾個人變成妖怪？」

「全……」

青兒想要回答「全部」，話卻哽在喉嚨裡出不去。

然後……

「哎呀，真糟糕，我一不小心就睡著了，還好沒有遲到。」

旁邊傳來一個不符合現場氣氛的開朗聲音。青兒轉頭一看，那是個穿襯衫和西裝、沒打領帶的男性，可是，那位爽朗青年苦笑的臉龐突然變成黑色。

「嗚！啊！」

茫然瞪大眼睛的青兒面前出現一條黑影，穿著如僧侶般的打扮，不斷發出呻吟。從牠嘴巴的動作看來，似乎在說著「把油還回去、把油還回去」。

青兒明白了。

此時他看到的六位乘客，全都犯過該下地獄的罪行。
「……原來如此，我們撞上了百鬼夜行啊。」
皓喃喃自語，大概是從青兒的表情猜到答案。
此時「叩咚」一聲，車輪轉了起來。
夜行列車載著六個還沒被制裁的罪人——載著六隻妖怪，在鐵軌上行進。
百鬼夜行開始了。

＊

準時出發的列車漸漸加快速度。
車輪輾過鐵軌縫隙時發出了「叩咚、叩咚」的震動。青兒正趴在洗臉台上，哭喪著臉吐出胃液。他不是暈車，而是暈妖怪。再怎麼說，一下子出現六隻妖怪實在太嚇人了。
「唔，看來情況很麻煩呢。」
皓邊撫著青兒的背，邊喃喃說道。
這裡是圖書室前方的公共廁所，從平面圖來看，休閒車廂的前方和餐車的後方各有兩間廁所。

多虧如此，青兒說著「我有點暈車」逃出休息室以後，就能毫無顧忌地以魚尾獅的姿態大吐特吐。老實說，他已經嚇得魂不附體。

「精螻蛄、反枕、洗豆妖……剩下的三隻也大概猜得出來。渾身是血的嬰兒趴著的石頭是『夜啼石』，流著口水的餓鬼是『狐者異』，然後，最後的第六人……打扮得像僧侶的黑影應該是『油坊主』吧。」

「他們每個人都犯了不同的罪嗎？」

「嗯，應該吧。」

好不容易止吐的青兒突然想到一個可能性。

「……那個，這些人會不會是『百鬼夜行』呢？」

「嗯？什麼意思？」

「譬如在獅堂家那次，不就是蛇、狸貓、老虎、猿猴組成『鵺』這種妖怪嗎？」

沒錯，他們一家四口全是一樁謀殺案的共犯。

「照這樣看，這六人也有可能是『百鬼夜行』這一條罪的共犯吧？」

「所有乘客都是共犯……那就真的和《東方快車謀殺案》一樣了。不過，我認為這個可能性很低。」

青兒不解地問：「為什麼？」。

「你認為『百鬼夜行』是怎樣的東西？」

「呃……好像是各式各樣的妖怪聚在一起，半夜在路上大遊行。」

就像是妖怪版本的飆車族吧。

皓聽了就噗哧一聲笑出來，又連忙用乾咳掩飾。

「『百鬼夜行』指的是久遠的平安時代在夜晚的都大路遊蕩的異類，但那些都是沒有實體的東西。極其可懼之物——也就是說，那些東西沒有明確的形體，隱藏在黑暗之中不得而見。」

「呃……既然沒有實體，為什麼會有名字呢？」

「因為『百鬼夜行』的『鬼』這個字的語源就是來自『隱』字。最早提到妖怪一詞的書籍是《續日本紀》，這個詞在當時的意思是『原因不明的奇怪現象』，那就像是我們今天認為的『看不見的鬼魅』。所謂的『百鬼夜行』便是那些『極其可懼之物』的集合體。」

「喔……原來如此。」

青兒勉強聽懂了。

所以說，像「精螻蛄」、「反枕」這些具有明確形體的妖怪，就算出現再多，也不算是「百鬼夜行」吧。

可是……

「呃，可是，我好像在哪裡看過『百鬼夜行』的圖畫耶……有很多長得像古代器物的妖怪，像是研磨缽或琵琶之類的。」

「喔喔，你看到的應該是土佐光信畫的《百鬼夜行繪卷》吧。這是室町時代的作品，時間點比較晚。這個時代的人認為妖怪是『看得到的東西』，而且這作品裡畫的妖怪多半是古代器物的模樣——也就是所謂的『精怪』。所以後代的人提到『百鬼夜行』，就會想到付喪神（註2）的形象。」

「咦？原來妖怪的定義會因時代而改變啊？」

「呵呵，這個詞到江戶時代又變了一個意思，『百鬼』和『百鬼夜行』多了一層涵義，指的是以博物學的角度把各種怪物羅列出來，跟百科全書的『百』字一樣。你對這點應該也很熟悉吧。」

呃……青兒完全想不到。

「就像鳥山石燕的《畫圖百鬼夜行》啊。」

註2　指的是沒有生命的器具因吸收天地精華而化為精怪。

青兒「啊」了一聲。原來如此，就是「妖怪圖鑑」的意思吧。

……不過，聽完這些解說以後，青兒更不明白「百鬼夜行」是什麼了。

「呃……可是，這對我們本來在討論的正題完全沒有幫助耶。」

「因為我們現在完全搞不清楚狀況啊。如果篁說的話可信，那麼荊的同伴只有一個人，至於其他乘客為什麼會上車，我們一概不知，只能繼續觀察情況了。」

唔，的確是這樣。

話說回來，要在列車這種密閉空間裡跟六個罪犯待在一起——搞不好全都是殺人犯——這根本是恐怖片或懸疑片的情節。

「我們先回休息室吧，但是一定要多加小心。」

青兒在心中默默說著「你也是」，跟皓一起走出公共廁所。

「哇啊！」

結果一走出去就遇見「精螻蛄」。

不，不對，是剛才在休息室裡的女高中生，她胸前的名牌寫著「鵜木真生」。可能是因為他們同時走出廁所，所以才撞在一塊兒。

「對、對不起！」

「是我不好，嚇到你了。」

女孩也向青兒道歉之後，露出親切的笑容對著皓說：

「剛才有個叫篁的工作人員去休息室和我們打招呼，他說晚餐時間到了，請大家前往餐廳。」

「喔，這樣啊，謝謝妳告訴我們。」

「不會啦，老實說，我也希望你們回來，沒有年齡相近的人在旁邊讓我有點不安。我現在是高三……那個，你叫西條吧？看起來和我差不多大呢。」

「嗯，我比妳年長一點，但也不會差很多。」

如果以人類的角度來看，皓算是人瑞了，但是在魔族中只能說是寬鬆世代(註3)。

「你果然和我是同一個年齡層的！哇，可是你很適合穿和服呢，真厲害……你該不會是什麼古老家族的繼承人吧？」

「呵呵，這就任憑妳想像了。」

面對興奮得眼睛發亮的鵜木，皓一如往常地隨口敷衍過去。

「對了，鵜木小姐為什麼會來搭這班列車？」

註3　受到二〇〇二年起高中、國中、小學實施寬鬆教育的影響，出生於一九八七至二〇〇四年間的日本人比較沒有企圖心和競爭心態。

「……這個嘛，說起來有點奇怪，其實我自己也不清楚。」

鵜木的表情出現一層陰影，眼裡還浮現出膽怯。

「我好像不知不覺就搭上這班列車……啊，我沒有逃票喔，我手上有邀請函。對了，我記得自己參加了旅行社的免費體驗行程……聽說有實境推理遊戲的活動……可是印象很模糊。」

實境推理遊戲——聽起來有種不祥的預感。

「該怎麼說呢，有點像在回想夢中的情景。這套衣服也是，我記得自己去租了禮服，可是……那真的是我的記憶嗎？」

一般人聽到這種話只會覺得莫名其妙，青兒卻驚恐得直冒雞皮疙瘩，因為他猜得出來這是誰幹的好事。

就是凜堂荊……不，或許是篁吧。

「……看來她被植入假的記憶。」

皓在青兒的耳邊小聲說道。

她該不會是被綁架了吧？青兒非常惶恐，但鵜木似乎以為是自己說的話嚇到他，急忙在胸前搖著手說：

「對不起，我不該說這些奇怪的話。請你當作沒聽到吧。」

「不，那個，呃……」

對話至此中斷了，三人在尷尬的沉默中穿越已經沒人的休息室，走進通往餐廳的車廂門。

「哇，好像電影場景喔！」

鵜木頓時情緒高漲，開心地喊道。

這個空間裝潢得更是古色古香，前後各有一張四人桌。

純白的桌巾上整齊地排放著銀餐具，夢幻風格的桌燈隨著車輪的震動而搖曳著火光。或許因為如此，乘客們映在車窗上的倒影都模糊不清，簡直像亡魂的晚宴。

後面那桌已經坐滿了，前面那桌有一個人坐在窗邊的位置。

那是剛才被青兒看成妖怪「狐者異」、打扮像大學生的青年。他胸前的名牌寫著「鳥栖二三彥」，耳朵裡依然塞著耳機，感覺似乎不好攀談。

「呃……打擾了。」

青兒還是先跟他打招呼，正想拉開椅子時……

「我想要坐在西條的對面，可以嗎？」

鵜木突然提出要求。

「我完全不懂用餐禮儀，想看看你是怎麼做的。」

這是她的理由，但青兒發現她變得滿臉通紅。哎呀呀～

「她好像對你有意思喔。」

青兒笑嘻嘻地對皓說著悄悄話。

「呵呵，是嗎？我覺得要玩愛情遊戲應該等長大一點再說。」

「你已經認定了愛情是遊戲嗎？」

「……」

「……」

「好，大家入座吧。青兒坐窗邊，我和鵜木小姐坐走道這邊。」

竟然不回答！

看到皓使出迴避手段，青兒正想繼續追問時……

「你們跟那個叫篁的人是不是早就認識了？」

旁邊突然傳來這句話。開口的是那位姓鳥栖的青年。

「為、為什麼你會這樣想？」

青兒吃驚地反問。

「沒什麼，只是有這種感覺。」

說完他就轉頭望向別處。真是搞不懂這個人。

（他到底是怎樣……不過，沒想到他的聲音這麼成熟。）

青兒本來以為鳥栖是大學生，說不定他跟自己同齡，甚至搞不好年紀還更大。

鵜木開始用手機拍照，她還是一樣興奮。

「哇！那邊的桌子也好漂亮喔，花多得都快滿出來了！」

轉頭一看，走道對面有兩張小桌子，前方的桌上裝飾著白百合，另一張桌子放的是擺滿紅酒的酒架。

「哎呀，那是唱片機嗎？」

「喔，真的耶。」

仔細一看，白百合之間有一個壓克力箱子，裡面有黑色的唱片在轉動。貼在溝槽裡的唱針播放出柔和的音色，是古典樂。

「哼，竟然用葬禮的花來裝飾，品味真差。」

聽到這句抱怨，青兒愕然地轉頭。

坐在青兒正後方的是「洗豆妖」——不，是神情嚴肅、貌似教師的男人。他胸前的名牌寫著「石塚文武」。

唔，真是個惹人厭的大叔。在懸疑片裡，這種人通常會被人在衝動之下用鈍器打死。

（不過，只有白色和黑色……）

青兒想了一下，不禁感到背脊發涼。那確實是弔唁用的花和棺材的顏色。

然後……

由這些對話開始的晚餐是全套的法國料理。

雖然青兒有時緊張到想咳嗽，但當然不會緊張到吃不下去。舉止像乘務員的篁端出來的料理實在太美味，說不定咬一口盤子都會覺得好吃。

但是……

「對了，這些東西真的可以吃嗎？」

「……把前菜吃得精光之後才想到這些事，真有你的風格呢。」

青兒突然提高警覺，皓卻對他露出似笑非笑的眼神。真、真丟臉。

「比賽規定不可以直接傷害對方，所以，荊那一方應該不會在餐點裡下毒……至於其他乘客就很難說了。」

竟、竟然不確定！

雖然青兒吃得膽戰心驚，但晚宴依然平順地進行下去。

（太、太好了，應該可以平安地結束吧。）

在此時的餐桌上，飯後的咖啡正冒著白茫茫的熱氣，眾人三兩成群地閒聊著。烏栖已經跟耳機化為一體，就不管他了，皓和鵜木從用餐中就一直熱烈地聊著寵物的話題。

……雖然她根本不知道皓養的是什麼寵物。

「啊哈哈，我明白。就算知道那樣對寵物的健康有害，還是敵不過牠的撒嬌呢。」

「是啊，雖然知道那是有害的，卻沒辦法阻止。不過我還是希望可以減量啦。」

鵜木講的應該是給狗吃的零食，而皓講的想必是某人的香菸吧。兩人談的事情明明相差十萬八千里，為什麼還這麼聊得來，真是太詭異了。

仔細一看，鵜木放在桌上的手機顯示著一張照片。

那似乎是在夜晚拍攝的，背景的玻璃窗一片漆黑，一隻柴犬窩在床上打哈欠。角落還拍到金屬製的水碗，由於反光之故看不太清楚，不過上面似乎用麥克筆寫了「大福」。

唔，真是名副其實呢，這隻狗確實該減肥了。

「皓有沒有寵物的照片啊？」

「喔，這個嘛，很遺憾，一張都沒有……要不要來拍拍看呢？」

青兒立刻察覺到危險，連忙鑽到桌底下避難。

但是……

「咳！嗚哇……呃！」

青兒突然咳了起來，結果腦袋「叩」一聲撞到桌底，這一晃使得兩包糖粉掉到地上。

那是鳥栖和青兒的份。青兒急忙撿起糖粉，從桌底爬出來。

「對、對不起！我去請篁再拿新的來！」

「沒關係啦，不用了。」

鳥栖乾脆地回答，從青兒的手中接過糖粉，撕開包裝倒入咖啡。沒想到這個人如此灑脫。

這時……

「啊，那個，不嫌棄的話請拿去用。」

青兒轉頭望去，「反枕」朝他遞出一包糖粉。不，不對，是穿著上班族套裝的女性，名牌上寫著「乃村汐里」。

「我不喜歡喝太甜的咖啡，請你拿去用吧。」

「啊，其實我也比較喜歡喝黑咖啡。」

「咦？呃，對、對不起，是我太多事了。」

「不、不會啦，那個，是我不好……」

……兩人不知為何拚命地互相道歉。

看來這位女性和青兒一樣不擅交際。青兒感覺像是在補考時看見同樣不及格的同伴，忍不住在心中默默地為對方加油。

「就說了別再播放那種死氣沉沉的音樂啦！」

後面突然傳來怒吼。青兒驚慌地回頭望去，原來是石塚。他叫住篁，正在找碴……不，正在申訴。

（這人好像很難搞耶。）

石塚的臉因不悅而扭曲，一邊的臉頰還抽搐著。雖然他的西裝乍看之下很高檔，但是並沒有打理得很好，到處都有汙漬。

對了……他剛才在休息室裡也一直獨自喝著威士忌。總覺得他的聲音聽起來似乎有些菸酒嗓，或許是個嗜酒之人。

「很抱歉，我是奉命播放這張專輯的。」

「哼，這裡的服務水準簡直跟家庭式餐廳一樣。還說什麼會移動的豪華旅館，根本是掛羊頭賣狗肉。」

石塚開始大肆抱怨。

「這點小事就不要太介意了，反正晚餐都快吃完了。」

有人出面打圓場。

那是剛才最晚出現在休息室的爽朗青年，名牌上寫著「伍堂研司」。青兒先前把他看成了妖怪「油坊主」。

「這明明是唱片機，音樂卻一直沒有停下來，還真是奇怪。播完最後一首曲子之後又回到開頭……難道有重複播放功能？」

「你裝什麼專家啊？那種事根本不重要，我只覺得這音樂很煩。」

……嗯？

青兒突然覺得伍堂看起來很眼熟，驚訝地眨著眼。

（我好像看過他……）

是在哪裡見到的呢？

青兒的人際關係狹窄得簡直和田渠裡的蝌蚪不相上下，他認識的人只有大學裡或是打工場所的人。

「啊！」

他想起來了，是他打工地方的店長。名字好像叫做……

「五嶋青司先生！」

「咦？」

「那個，你三年前在池袋一間叫做『Jack』的賭場酒吧當過店長吧？我曾經在那裡打工……」

講到這裡，青兒才發現不對。

（哎呀，這該不會是……）

這恐怕是不該想起的回憶。

記憶回溯到三年前——

當時，青兒正在學生餐廳吃著清湯烏龍麵，突然有個一臉凶惡的學長對他說「聽說你正在找地方打工」，然後硬把他拉去一間可疑的賭場酒吧。

他惶恐地在那裡做了半天的外場工作。

那間店似乎是所謂的「地下賭場」，不斷有長得像黑社會人士的客人造訪，青兒害怕地說「我的肚子不太舒服」躲進廁所，就這麼爬窗逃走了。

青兒很擔心被抓到以後會被剁掉手指，所以接下來的半個月左右都躲在租來的公寓裡發抖，後來卻聽說那位長相凶惡的學長休學了，彷彿突然自世界消失。

還有人說，他被發現浮在東京灣，或是沉在東京灣底……

（我記得當時的店長姓五嶋……啊，可是他的姓氏不一樣。）

男人胸前的名牌寫的是「伍堂研司」。

難道是假名嗎？青兒想到這裡，頓時冒出一身冷汗。

不對，多半是認錯人吧。

大概只是因為名字相似，才讓他想起埋藏在記憶深處的人。像這樣有著爽朗笑容的好青年，怎麼可能會去當地下賭場的店長？

「不好意思，你應該是認錯人了。我不記得看過你，而且我從來沒有跟賭場酒吧有過關聯。」

「我、我想也是……」

青兒用乾笑打混過去。

就在此時，他突然發現——

（他的眼神……）

伍堂的眼神跟青兒記憶中的店長一模一樣，雖然嘴巴正露齒而笑，眼神卻冷得像冰。那眼神像是在威脅他「不要多嘴」。那是習慣把弱者當螞蟻踐踏的壞人眼神。

（難道真的是他？）

青兒艱澀地嚥下口水。在對方用眼神施加的壓力下，青兒死命壓抑著想要躲到廁所的衝動。

「啊，我想起來了。」

此時響起意料之外的聲音。原來是坐在石塚對面、身穿皮外套的男性，他胸前的名牌寫著「加賀沼敦史」。

青兒記得他就是「夜啼石」。他黝黑的皮膚和魁梧的體格，透露出跟伍堂不同類型的危險性，好像是每天深夜都會去鬧區襲擊中年男性的那種人。

「說到池袋的『Jack』，我記得那間店在三年前發生過侵占公款的事件，當時僱用的店長和打工的學生拿著賭場的錢逃走了。我記得那個店長的名字是……」

一聲巨響撕裂空氣。

伍堂踢翻椅子站起來，先前那爽朗青年的形象蕩然無存，他用冰冷至極的目光瞪著青兒和加賀沼，接著就離開餐廳。

其他乘客都愕然地面面相覷，不發一語。

不用說，剛才的融洽氣氛已煙消霧散，室溫彷彿降到冰點以下。

只有加賀沼一個人還裝模作樣地縮著脖子說「哇，好嚇人喔」，表現出不符合現場氣氛的嘻皮笑臉，真不知有什麼好笑的。

「喂，我說那隻喪家犬啊。」

唔，他似乎是在對青兒說話。

如果現在回應他，就太沒尊嚴了。

「呃，什麼事？」

「你最好小心一點，搞不好會被那個裝好人的傢伙殺掉喔。」

「……啊？」

不不不，那樣未免太誇張了。

「我聽說黑道到現在都還在找他。他會使用假名，就代表他還在逃亡。考慮到你有可能會去告密，還不如先把你解決掉比較安全……其實我也一樣啦。」

加賀沼若無其事地說道，然後笑得好像說了個精彩的笑話。

「那傢伙以前害死過一個人，就是跟他合夥侵占公款的蠢蛋大學生。那傢伙根本沒把錢分給對方，自己一個人跑了，害大學生獨自受到黑道圍捕，最後被發現浮在東京灣……還是沉在東京灣底。」

「怎、怎麼可能嘛！」

青兒聽得寒毛直豎。

（他說的蠢蛋大學生……就是那位長相兇惡的學長嗎？）

雖然青兒嘴上否認，但他其實已經深信不疑了。

當時，學長會莫名其妙地硬把他拉去，或許就是侵占計畫的一部分——十之八九是要讓他來當代罪羔羊。這麼一來青兒就能理解了。

所以還好青兒當天立刻偷跑，才撿回一條命，要不然，他可能就會跟學長一起被沉入海底變成魚飼料。那還真的是難兄難弟。

「『油坊主』是金剛輪寺流傳已久的七則怪談之一。」

皓悄悄貼近青兒，低聲說道。

「寺裡的和尚每天早上都要把燈油送到正殿，但有個年輕和尚起了邪念，為了有錢出去玩而把油賣給鎮上的商人，後來他突然得了急病死去，也沒機會去到鎮上。」

唔，無論是現在還是古代都不能做壞事呢。

「之後寺裡的山門開始出現黑影，仔細聽的話，還能聽到黑影說：『把油還回去、把油還回去，只有一點、只有一點。』」

「……真是個悲情的故事。」

完全是自作自受。

但是，就算那個和尚真的想要賺錢玩樂，看到他受到天譴、永無止境地悔罪，還是頗令人同情……話雖如此，光是看到伍堂這個人，恐怕很難引發同情。

「唔，所以伍堂先生的罪行是『侵占』嗎？」

「是啊，『油坊主』的形象是偷走高價燈油的和尚，而伍堂先生的罪想必是偷走地下賭場的錢。」

既然他還在躲避黑道的追捕，此時又搭上這班列車……

「那個……我去看一下他的情況吧。」

青兒說完就起身離席。

他慌慌張張地去了休息室，卻沒看到伍堂的蹤影。他大概回房間了吧？平面圖註明他住在二〇一號房。

（可是，就算我去找他，也沒辦法做什麼。）

雖然青兒心知肚明，還是沒辦法坐視不管，因為他自己也曾惹上黑道。

青兒過去因為欠下三千萬圓的債務，差點被人抓去拍賣內臟，那種恐懼他至今仍然揮之不去。

如果伍堂為了避免洩漏行蹤而想要滅青兒的口……不，說不定他甚至想滅了所有乘客的口，那青兒就非得想辦法阻止不可。

所以，青兒想去探探伍堂的情況。可是……

（他的房門果然關著。）

既然看不到二〇一號房裡面的情況，青兒來了也是白來。

他躡手躡腳地走到門邊，把臉貼近門上的貓眼，可是只能看到房間裡是亮著的，此外什麼都看不到。

「……沒辦法了。」

青兒喪氣得像隻垂著尾巴的狗，正打算離開時……

「咦？」

他停下腳步，脖子上的寒毛赫然豎起，過一會兒他才發現原因。

（……慘叫？）

好像有人在叫。不對，與其說是人聲，那更像是東西的聲音。門裡的叫聲似乎變成一連串不知為何的聲音。

不會吧……青兒的心中浮現不祥的預感，他連忙把「垂死哀號」幾個字從腦中抹去，但是就在此時……

「什麼！」

門下的縫隙有東西流出來，弄濕走道的地毯。

透明無色……看起來像是水。那液體從門內滲出，在地毯上逐漸擴散，然後停了下來。愕然的青兒過了幾秒才回過神來。

「伍堂先生！你怎麼了！」

青兒接連地捶打著門，還試著去拉門把，但沒有任何回應。如果只是沒人在就算了，但這片沉寂令他不禁感到恐懼。

「哎呀，發生什麼事？」

回頭一看，原來是皓。他也跑來看情況了。

「我、我好像聽見裡面有人在叫……」

青兒驚慌失措地解釋，皓邊聽邊「嗯、嗯」地回應。

「總之先打內線電話給他吧，如果鈴聲一直響，或許他會有些反應。」

此時……

「沒有。」

背後突然冒出這個聲音，把青兒嚇得跳起來。

鳥栖不知何時站在青兒身後。他還是一樣面無表情，但耳機已經拿下來。

「你、你是什麼時候來的？」

「從你開始解釋的時候。我覺得沒必要聽到最後，就先回房間打電話給他。」

對耶，鳥栖的房間就是隔壁的二〇二號房。

「沒、沒想到你還挺會說話的。」

「……現在是討論這種事的時候嗎？」

鳥栖露出鄙視的眼神吐嘈。他說得一點都沒錯。

他輕輕敲了敲眼前的門。

「這門有隔音效果。畢竟這是臥鋪列車，隔音設備一定要很好。除非聲音非常大，否則裡面是聽不見的。」

「……這麼說來，我剛才聽到的叫聲一定非常大聲。」

青兒感到背脊發涼。那是驚恐的尖叫，還是求助的哀號呢？無論如何，房裡一定發生了非常嚴重的事態。
「可、可是要怎麼開門呢？」
就在青兒擔憂地喃喃自語時……
「喔？大家都在這裡啊？」
「嗚哇！」
是篁，他每次都悄然無聲地出現。
青兒雖然又被嚇到，但仍努力解釋情況。
「我知道了，我用萬能鑰匙開門吧。」
篁邊說邊從懷裡拿出萬能鑰匙，以優美的動作貼近感應器，接著門鎖就「喀嚓」一聲打開來。但是……
「咦？」
門才剛打開就「喀」一聲卡住。從十公分大小的門縫中可以看到裡面的門扣。
「……這樣看來，裡面應該有人在。」
皓瞇著眼睛說道，青兒聽得直冒雞皮疙瘩。
有門扣卡住門，他們沒辦法進入房間。青兒還想試著從門縫窺視裡面的情況，辛苦地在門前移來移去。

「喂，讓開。」

背後突然傳來聲音。

這個聲音是……青兒還來不及回頭，後面就伸來一隻腳踹開門扣。是加賀沼。

門扣發出「啪嚓」一聲斷掉了，門被一腳踹開，室內的景象頓時顯露。青兒以為會看到屍體，急忙把眼睛閉上。

「……沒人耶。」

聽到這句話，青兒驚愕地抬起頭來。

真的沒人在。

青兒原以為裡面會有他「不想看到的東西」，結果房裡靜悄悄的，一個人都沒有。

室內格局和裝潢都和青兒住的三〇二號房一模一樣，乍看並沒有什麼異常。

「呃，這是什麼啊？」

門邊的木質地板不知為何有一灘水。

流到走廊上的水應該就是從這裡來的吧。閃亮亮地反射著燈光的水漬，延伸到更裡面的地毯上。

（……咦？）

青兒感覺記憶中的某處被牽動了。
該說是既視感嗎？但他還來不及意識到那是什麼……
「什麼玩意兒？這是在整人嗎？」
加賀沼走進房間，積水被他「噗嚓噗嚓」地踩得到處飛濺。
看來他的腦袋裡完全沒有「保持現場」這四個字。不對，現在還不能確定這是不是命案現場。
「……應該不是漏雨吧？」
「嗯，是啊，但又不像是浴室漏水。」
看來皓也參不透這是什麼情況，這樣的話就只能問房間的主人。
「到處都找不到人呢。」
除了不知何時已經離開的篁和鳥栖之外，青兒、皓、加賀沼三人在房間裡仔細搜查過一番，結果還是找不到任何線索。
「他到底去哪裡？」
「依照加賀沼先生所說，或許伍堂先生害怕有人告密，中途下車了。可是房間的窗戶是封死的，他不可能從房間裡離開。」
「……會不會有個祕密房間？」

「應該不會吧。如果列車上有祕密房間，那就是整個企業的陰謀了。」

正當青兒和皓說著悄悄話時，加賀沼從衣櫃的衣架上拿起外套，在口袋裡翻找。他發現裡面只有房間鑰匙，就罵了一句「真窮酸」，把外套丟在地上。原來他只是想偷東西。

可是，既然鑰匙還在房間裡，伍堂應該沒有出去。

「打擾一下。」

青兒回頭望去，看見鳥栖和篁站在門邊，連乃村和鵜木也在，不知他們是什麼時候會合的。

鵜木撿起地上的外套，掛回衣櫃裡。所謂的日行一善就是這樣吧。

鳥栖先開口解釋：

「我們請還在餐廳裡的兩人一起在車上巡視一遍，大家分頭找尋車上有沒有能藏人的地方，可是……」

看來還是沒有找到伍堂。

「啊，會不會在觀景車廂？」

「觀景車廂和最前面的機關車頭一樣，都用密碼鎖鎖住了，無法進出中間的車廂。平時觀景車廂是開放的，今晚可能是因為起霧才鎖起來。」

不對，會鎖起來是因為荊在裡面吧。既然觀景車廂鎖住了，那篁說荊不會進入其他車廂應該是真的。

鵜木這時擔心地說道：

「那個，所以我們猜測他有可能去了別人的房間。」

或許是因為聽到地下賭場和東京灣這些黑社會的用詞，伍堂消失的事令她非常不安。如果有人聽到附近動物園裡的鱷魚跑掉了，大概也會露出這種表情吧。

「唔……那就去看看大家的房間吧？」

「好，可以的話每一間都要看，照著順序。」

除了機關車頭以外，眾人從二號車廂開始檢查每一間客房。因為房間不多，每察看一個房間只花兩、三分鐘，最後，又回到休息室喝酒的石塚雖然一副不情願的樣子，還是從口袋裡掏出鑰匙打開房間。

結果，車上所有地方都沒看到伍堂的蹤影。

「難道他躲在沒人想得到的地方……可是車上的空間有限，能讓一個成年人躲藏的空間想必不會太多。」

皓很難得地皺起眉頭，盤起手臂。

眾人正聚在圖書室，大家都束手無策地看著彼此。

「這裡的窗戶可以打開，從尺寸來看，成年人應該鑽得出去。」

鳥栖指著手搖式的氣窗說道。

但是篁立刻反駁：

「列車每一扇門窗開啟都會留下紀錄，而且圖書室的窗戶如果打開，我會立刻收到警告通知。我已經檢查過資料，窗戶從出發至今一直沒有打開過。」

這麼說來，伍堂就是在形同密室的列車上突然消失了。

（不不不，怎麼可能有這種事？）

一個大活人不可能憑空消失，就算真的發生某種不可思議的事，多少也會出現一些異狀。

他究竟是逃跑了？失蹤了？還是發生無法預期的意外？或是……

「他該不會被人殺了吧？」

「目前看來只是有人消失，如果真是凶殺案的話……」

皓說到一半就沒再說下去。青兒似乎可以猜到他本來想說什麼。

——必定有一個凶手，而且就在這些人之中。

＊

在篁的勸說下，眾人移動到休息室稍事歇息。

他說著「大家應該都累了吧」，隨即端出咖啡和紅茶等熱飲，以及烤蘋果奶酥和馬卡龍之類的點心。

雖然溫熱的茶點讓身體放鬆許多，但室內氣氛依然惴惴不安。這也是應該的，聽到「有一個乘客消失了」，沒人能若無其事地回答「喔，這樣啊」。

此時鐘擺式時鐘突然響起，把青兒嚇得跳起來。定睛一看，時針正指向九點。從他們上車之後已經過了三個小時。

時間過得算快還是慢呢？現在只能確定黎明還久得很。

此時，不知何時離開休息室的篁推著一台雙層推車回來了，鵜木一看到放在上層的東西就興奮地叫道：

「哇，是留聲機耶！我還是第一次看到可以用的留聲機呢！」

那是有著喇叭型擴音器的留聲機。剛才在餐廳裡看到的唱片機是最新式的，但這台留聲機怎麼看都是古董。

石塚照例嗤之以鼻。

「哼，裡面那架鋼琴是裝飾用的吧。」

「今晚沒有邀請演奏家，所以我們準備了另一種表演。」

篁如此說道，他的手上拿著一張黑膠唱片。他以流暢的動作把唱片放上轉盤，放下唱針。

「或許會有人覺得不悅耳，但還是請大家安靜聽完。」

說完以後，篁環視了所有乘客的臉，深深一鞠躬。

緊接著，有聲音傳了出來。

不是演奏，而是人說話的聲音。

那聲音高亢得很詭異，像是用變聲器製造出來的。

而且那聲音揭露了罪行……不，是處刑的宣判。

『各位先生女士，請肅靜。各位都是該受地獄刑罰的人，各人的罪名如下：

第一人的罪是因邪念而侵占鉅款。

第二人的罪是殺死孕婦、奪走她的孩子。

第三人的罪是在暴風雨的夜晚淹死妻子。

第四人的罪是因嫉妒而置人於死地。

第五人的罪是因告密而害死別人。

第六人的罪是奪走哥哥的人生。

第七人的罪是拋棄朋友的屍骸任其腐壞。

很遺憾，各位都沒有辯解的餘地。不過，如果你們承認自己的罪行，並且發誓贖罪，我就會讓你們平安離開這班列車。那麼，從現在起，隱藏在你們之中的執行人就要開始行刑了。請各位務必善用這短暫的時間，好好考慮。』

聲音戛然而止。

現場充斥著沉默，彷彿連時鐘的指針都停下來。

啪嚓一聲，茶杯從乃村的手中掉落，在地毯上潑出一灘血……不，不對，杯裡裝的是紅茶，只是一時之間看起來像鮮血。

「呃，剛才那個……是怎麼回事？」

鵜木用拔尖的聲音問道。

驚慌由她開始，逐漸蔓延到其他乘客身上。青兒也被捲入這陣惶恐和混亂之中，他全身發冷、呼吸顫抖，彷彿有隻濕濡的手捏住他的心臟。

青兒的腦海裡浮現剛才那個聲音說的話。

『第七人的罪是拋棄朋友的屍骸任其腐壞。』

那指的就是青兒。

他的罪行曾經化為「以津真天」這種妖怪的模樣。他已向皓承認自己的罪，並擔任地獄代客服務的助手做為彌補，之後他映在鏡子裡的模樣，應該已經從妖怪變回人類了。

不，不對……或許這只是他用來自我滿足的錯覺。

就算地獄的刑罰得以免除，他犯過的罪也絕無可能消失。

這時，篁拍了一下手，彷彿在示意大家安靜。

先前的喧譁如同沒發生過似的，室內瞬間安靜下來。然後……

「那麼，在這班列車到達終點站之前，由我負責管理這個小遊戲。到天亮為止還有九個小時，要自首還是保持沉默，請大家自行選擇。」

說完，篁拿出放在推車下層的大量信封。每個信封的大小都一樣，但厚度不一，有的甚至厚到像是購物型錄。信封的正面和背面都是素色的，跟昨天拿到的邀請函一樣都蓋了深藍色的封蠟。

「這……這是什麼東西啊！」

「你根本是在找我們的麻煩嘛！」

乘客們接過信封打開一看，紛紛發出哀號或怒吼。

青兒也戰戰兢兢地撕開信封，裡面放了幾張照片，拍到的是青兒從一間很眼熟的房子裡逃出來的模樣。

不需要確認拍攝時間，這就是青兒在浴室裡發現豬子石的遺體後，飛也似地逃跑的那一刻。

「原來如此，這是用淨玻璃鏡回溯過去，做出像監視攝影機拍出來的照片吧。比較厚的信封則是放了更詳細的調查資料。這品味也太低俗了。」

如同要打斷皓的發言，篁再次開口：

「如果選擇自首，我會把自白的錄音檔和你們手上的信封一起寄給相關人士，也就是警方和受害者家屬。在此同時，自首者可以免除在列車上的刑罰，到了終點站以後就會被釋放。」

青兒緊張地吞著口水。也就是說，篁根本是在威脅大家：「我要揭發你們的罪行喔。」

如果犯下的是重罪，自首之後鐵定逃不過警方的逮捕和社會的制裁。對於逃避刑罰至今的罪人而言，這就像是墜入了人間地獄。

「如果選擇保持沉默，在今晚這班列車上，將會受到執行人的懲罰。不過，如果你們在天亮之前能一直躲開執行人的懲罰，到達終點站時也會被釋放，而且信封不會寄到相關人士的手中。」

聽到地獄刑罰的瞬間，青兒感覺視野搖晃，像是三半規管受到重擊。他像暈船一樣既反胃又暈眩，之後才發現，原來自己是缺氧了。

彷彿有一雙看不見的手，用繩子勒住他的脖子。

「難怪篁說『還是和以前一樣的地獄審判』，我終於明白了。」

皓低聲地喃喃說道。他此時的語氣明顯帶有強烈的怒氣。

「只要承認罪行、說出真相、擔負起罪債，就可以免除刑罰……這和我過去做的『地獄審判』完全一樣。這麼說來，這班列車就是把罪人活生生送進地獄的『火之車』吧。」

但皓又繼續說道：

「這種行徑只是在玩弄罪人罷了，而且還是用『生還』和『免罪』這兩塊釣餌如蜘蛛絲一般懸在罪人們眼前。」

一聲怒吼蓋過皓的聲音。

「開、開什麼玩笑！這種毫無憑據的假資料根本沒有任何用處。誰管你們是不是在玩實境推理遊戲，既然搞出這種活動，你們就要做好心理準備，我一定要告你們！」

說話的是石塚。他臉色陰沉，像狂吠的狗一樣噴著口水，踢開椅子站起來。

「混帳，我才不會任憑你們擺布！就算手機收不到訊號，機關室應該還是有辦法對外聯絡；就算不行，車上也會有緊急煞車的按鈕。我現在就去把列車停下來！」

但是他還來不及走出休息室……

「我忘記告訴你們，只要有一個人在中途下車，所有人的信封都會立刻被寄到相關人士的手中。至於石塚先生的份嘛，應該也會寄給正在懷疑你的警察……好像叫做久保正行的樣子。」

「……你說什麼！」

現場氣氛迴然一變。

石塚愣在原地，嘴唇變成蛞蝓般的紫黑色，連聲音都在顫抖。其他乘客看到他這模樣，也露出類似的表情。

那是警戒，以及自保。

此時青兒明白了，這下子所有人都會彼此監視，絕不會讓任何一個人中途下車。

在片刻的沉默以後，石塚喘著氣說：

「你、你們到底是誰？做這種事究竟有什麼目的？」

他沒有立刻得到答覆。

篁閉起眼睛，好一會兒才又睜開那雙如黑夜般深沉寧靜的眼睛。

「這是為了讓你們償還罪債……邀請各位搭乘這班列車的人應該會這樣回答吧。不過，我不能再告訴你們更多了。」

篁靜靜說道。他說的應該是待在觀景車廂裡的荊吧。

「真是個瘋子。」

加賀沼一臉不屑地罵道，然後很不耐煩地抓著頭說：

「喂，剛才留聲機裡的聲音說，執行人就藏在我們之中？」

「是的，就在你們之中。」

「所以只要抓住那傢伙、阻止他處刑，我們就能平安地離開？」

「嗯，是這樣沒錯。」

「那就簡單了。我們只要先把你揍一頓、綁起來，再逼問出執行人的身分就好。」

原來還有這一招啊。雖然這樣做很野蠻，卻很有說服力。

「很遺憾，你們不能這樣做。這班列車上已經裝設了機關，如果身為見證人的我危害了你們，或是受到你們危害，列車就會起火燃燒。請各位把我當成不干涉遊戲進行的第三方。」

怎麼可能嘛……青兒很想如此反駁，但又沒有把握。

他想起山門燃起熊熊大火的那一幕。如果這班列車也像奧飛驒深山裡的那間寺廟一樣張設了結界，就算起火燃燒也不是不可能的事。

所有人都說不出話了。

「那麼，剛才自客房裡消失的伍堂先生是被執行人殺掉的嗎？」

提出這個問題的是鳥栖。在驚慌失措的乘客中，只有他仍然面無表情。

「很抱歉，我不能回答你。」

嗯？為什麼？

「請你們把這件事當成突發的意外狀況吧。我只能告訴你們，他並不是因為今晚的遊戲而遭到處刑。」

「那他現在是活著還是死了？」

「……我不能回答。」

搞什麼嘛！這麼想的不只有青兒一人，提出問題的鳥栖似乎也焦躁起來。

「突發的意外狀況……為什麼會讓人從密室裡消失？客房裡有什麼機關嗎？難道其他人的手上也有萬能鑰匙？」

「不，萬能鑰匙只有我手上這一把。而且，包括伍堂先生在內，各位的房間裡都沒有機關，大家儘管安心地休息。」

真會裝蒜——這麼想的不只有青兒，加賀沼也喃喃說著「可惡，真想揍人」……不過隨便對篁動手恐怕真的會火燒車，希望他能自制一點。

鳥栖又繼續問道：

「剛才列出的罪狀有七條，而車上的乘客共有七人，這就表示伍堂先生的罪狀並不在裡面？」

「不，這七條罪狀也包含伍堂先生的。我們本來以為他也會在場一起聽錄音。」

唔……這麼說來，那真的是突發的意外狀況囉？

「這樣數量就對不上了吧。」

鳥栖面無表情地歪著頭說。

「如果七條罪狀裡也包含伍堂先生的，而乘客有八人，那就表示有一個沒犯過罪的人混在裡面。所以那個人就是執行人嗎？」

「不，那個人是偵探。」

……偵探？

「今晚的列車邀請了一位偵探。你們之中應該只有一個人拿到空的信封，那一位就是偵探。」

簡短的電子音效突然響起。

皓詫異地從信玄袋裡拿出手機，明明沒有訊號，卻收到一封簡訊，是篁寄來的。

『到達終點站時，如果該處刑的罪人還有兩人以上活著，就是擔任偵探的皓大人獲勝。如果只有一個人活著，或是一個人都沒有，那就是皓大人輸了。以上規則還望您理解。』

……原來是這樣。

這就是篁所說的魔王寶座爭奪賽吧，那麼，偵探當然是由皓來擔任——

「喔喔，原來如此，那我就是偵探了。」

「……啊？」

青兒還以為自己聽錯了。

因為說出這句話的人並不是皓。

青兒順著其他乘客的視線望去，看到的是烏栖，他手上緊握一個「空信封」。

……慢著。

等一下，這是什麼情況？

「難道偵探有兩個嗎？」

青兒茫然問道，皓也一臉愕然地眨著眼。

「不，烏栖先生是冒充的。他之所以拿著空信封，應該只是把裡面的東西藏起來而已。剛好他穿的是寬鬆的帽T，大可把東西夾在腰帶下。」

「你怎麼還有心情分析這種事？應該要趕快說出你才是真的啊。」

青兒忍不住小聲責備他，但話才剛說完……

「我再重新自我介紹一次吧。你們也可以用這個名字叫我。」

看到烏栖手中的東西時，青兒不禁瞠目結舌。

他拿的是一張名片，青兒對那個樣式再熟悉不過。黑底燙金、做作的華麗字體，上面寫的是——凜堂偵探事務所。

「鳥栖二三彥是我的本名，凜堂棘是『通稱』，我在東京經營偵探事務所。別看我這樣，我還挺有本事的，或許這裡也有人聽說過。」

旁邊發出「咚」的低沉聲響。

青兒轉頭一看，發現皓坐在沙發上彎下腰，肩膀輕輕地顫抖。想必是他忍俊不住笑了出來，為了遮掩而低下頭時不小心撞到桌子。

這到底是什麼情況！

「……對、對不起，我一想到竟然到處都有人要冒充棘就忍不住……」

「你的笑點怎麼會在這裡啊！」

青兒忍不住吼道，皓逃避似地乾咳一聲。

「如果我要證明他是冒牌貨，事情會變得很麻煩。其實只要篁說一句偵探由誰來擔任就好了……說不定他們根本是同夥。」

青兒轉頭看著篁，只見他置身事外地站在一旁，露出無所謂的微笑。

「假如我宣布自己才是『真正的偵探』，其他乘客就會覺得我和鳥栖之間必定有一個人在說謊，這麼一來，他們認定誰『不是偵探』，那人就會被視為『執行人』。」

竟然是這樣。所以若是鳥栖得到支持，皓的立場就很危險。對方既然已經拿出「凜堂偵探事務所」的名片，現在大家鐵定比較相信他。

「這樣說來，鳥栖就是執行人囉？」

「嗯，這是最有可能的。若是說到其他的可能性嘛……」

就在此時，篁又拍了一下手，像是要穩定現場氣氛。

「說明到此結束，我也該告辭了。在離開前我先問各位一句，要自首還是保持沉默？有人想要立刻自首嗎？」

沒人開口。

現場籠罩在一片沉寂中。

真愚蠢——這小聲的抱怨是來自石塚嗎？還是加賀沼？只見乃村低頭咬著嘴唇，彷彿拒絕接受眼前的現實。

唯一露出迷惘表情的是鵜木，但她的視線盯著自稱偵探的鳥栖，像是懷著期待。因為他既然沒有被迫自首的壓力，或許能做些什麼。

唉，這樣看來，鐵定沒人會自首。

「那麼我就在七〇二號房等著，想要自首的人請用內線電話跟我聯絡。在到達終點站之前，我會隨時等候大家。」

說完，篁用優美至極的姿勢一鞠躬，就這麼強硬地開始了這場不講理的遊戲。

若要阻止他，只有一個方法。

「那個，請等一下！」

青兒一開口，眾人的視線立刻凝聚在他身上，令他反射性地縮起身子。他很想打消主意，說句「沒事啦」，立刻躲進廁所裡。

（但是……）

如果有什麼事是青兒做得到，而皓做不到的——那就是青兒也是「罪人之中的一個」。

「對、對不起，我想要自首，請你聽我說。」

這句話一說出口，青兒的心臟就痛得像是心律不整。他口中發乾，低垂的視線看到的是自己顫抖的雙手。

說來這已經是他第二次自首。

（可是這裡並不是那間洋房，我自首的對象也不是皓。）

對當時的青兒來說，皓是負責進行地獄審判的鬼。如果現在要問青兒，人和鬼哪個比較可怕……

「……真沒意思。」

青兒好不容易說完以後，最先聽到的就是這句話。那是出自加賀沼之口。
「你到底是來幹嘛的啊？這點鼻屎大的罪也跑來跟人瞎攪和。算了，也好啦，你可以先脫身了。」
他的語氣像在說「你快滾吧」。
青兒吸氣又吐氣好幾次，才下定決心抬起頭來。
「對不起，我並不打算自己一個人脫身，可以的話，我希望大家也能自首……」
「你在說什麼屁話？」
糟、糟糕，那是流氓喝醉鬧事時的反應。
「你這傢伙根本覺得自己做的壞事沒什麼大不了的吧？」
「呃？」
「要不然，像你這種軟腳蝦怎麼可能有膽量自首？如果你犯的是會被警察抓走的重罪，早就逃走了，如同你現在就是第一個逃出執行人的魔掌。然後，你還想叫我們也跟著做？你根本只是在假裝好人，不要把大家都拖下水。卑鄙的傢伙。」
這番話聽在耳中，簡直像臉上挨了一拳。
胸口好痛，心臟像是被某種看不見的東西刺傷。或許是因為加賀沼說的一點都沒錯。
（好想逃走。）

別開視線，轉過身去——青兒至今的人生都是這樣度過。

「但是……」

他喃喃說道。

突然，有一隻手碰到他的背。青兒不用看也知道，那是皓的手。

皓默默地拍了拍青兒的背。沒有阻止，也沒有包庇，只是輕輕地一拍，和平時一樣。

光是這樣就夠了。

「我……」

青兒的聲音在顫抖，但他還是努力保持穩定。

「我的罪不只是丟下自殺朋友的屍體，而是把這一切都當成沒發生過。」

沒錯，他被唯一的朋友豬子石背叛。

突然背上一大筆債務，遭到地下錢莊的人四處追捕。

在朋友走投無路、想要自殺時還說出那麼不體貼的話，以致對方終究自殺了。

青兒把這些事都當成沒發生過，就這麼逃走了。

（雖然我還是會有罪惡感……）

他把缺乏實際感受當成藉口，把這些事拋到記憶的角落。是對方先對我不義——他一直用這種理由把自己的行為正當化。

沒錯，所以青兒的罪才會顯現成「以津真天」這種妖怪。他的罪不斷質問著，要繼續逃到何時？

要到何時、要到何時，那聲音不斷喊著，但青兒沒有怒吼著要它閉嘴，只是持續摀住耳朵不去聆聽。

於是他闖入地獄的黑暗中，遇到負責審判罪人的鬼——西條皓。

「但我已經明白，我是逃不掉的。如果我再繼續逃下去，等於是捨棄了自己……我只是假裝活著，只是還沒斷氣罷了。可是有一個人告訴我，不能再這樣下去。所以……」

青兒也不知道自己到底想說什麼。

但是，他還是努力思考措詞，努力說出真正的想法。

「……如果要我在逃跑和活著之間選擇，我希望自己能選擇活著。」

講到此時，青兒的喉嚨突然哽住。

他一連咳了好幾聲，遲遲停不下來，心中更是焦急。

「所以你想叫我們不要逃避，跟你一樣去自首？」

幫他說出這句話的是加賀沼。

「是的。可是我想說的不只是這樣……如果自首之後就能平安離開，我希望大家都能選擇活著。如果可以不用死，我希望大家都不要死。」

青兒說著「拜託你們」，深深一鞠躬。

現場一片沉寂。青兒輕輕抬頭，看見每個人都在看他，但立刻都把視線轉開。

此時，青兒明白了。

那是路上行人看見狗的屍體時垂低視線、快步經過的表情。那是人們決定對某事視若無睹的表情。

然後……

「那我先告辭了。請各位好好享受接下來的夜晚。」

說完這句話，篁就離開了。

攸關生死的遊戲就此展開。

*

結果青兒還是逃走了。

他又回到之前去過的圖書室前方的廁所。說得更詳細點，篁一走出去，他就不顧七嘴八舌吵鬧不休的乘客，丟出一句「我去一下廁所」，然後又變成魚尾獅的姿勢。

「啊啊啊！可惡！」

青兒捶著洗臉台洩憤，手心突然感到疼痛。他打開手掌一看，有四條變成紫色的指甲痕。大概是他握拳握得太用力而內出血了。

背後傳來「哎呀呀」的聲音。

「你剛才很努力喔。」

皓安慰似地拍拍青兒的頭，讓青兒感到一陣鼻酸。

（皓一定看出來了……）

他一定知道青兒其實很想逃走，但他沒有阻止，也沒有包庇，只是默默拍了拍青兒的背。

那應該是「我相信你」的意思。

「可是……對不起，我做的事根本沒有意義。」

「不，有沒有意義還很難說……至少我不這麼想。」

因為皓的手持續撫摸青兒的頭，他們乾脆直接坐在地上。雖然兩個男人躲在廁所裡講話有些可悲，但既然不想受到其他乘客注目，這也沒辦法。

「……不過我總覺得不太能接受。」

皓突然盤起手臂，歪著頭如此說道。

「如果偵探的勝利條件如篁所說，只要『該被處刑的罪人』有兩人以上活下來，我們就贏了。也就是說，除了已經自首的你之外，我最少還要再讓一個人存活。至於方法嘛，我可以想辦法讓某人去自首，或是找出執行人的真實身分來阻止處刑……可是，這個規則很不像荊的作風。」

嗯？為什麼？

「偵探似乎太占便宜了。如果今晚乘客一個接一個被殺，有嫌疑的人也會變得越來越少。換句話說，凶手殺死越多人，身分曝光的機率就越高。在封閉的環境裡殺人，當然會有這種隱憂……不過以荊的習性來看，或許還有其他目的。」

聽皓這麼一說，青兒也覺得這很不像荊會做的事。

「可是這次的對手是荊的代理人啊。」

「是啊，或許是我想太多了。其實現在什麼都還說不準。」

如此看來，最令人在意的就是那個代理人到底是誰。

「鳥栖先生……應該是最有可能的吧？」

「我也覺得他是最大的嫌犯……不過還是先整理一下現有資訊吧。」

皓一說完就立刻從信玄袋裡拿出鋼筆和黑皮封面的筆記本，流暢地寫了起來。

伍堂研司——油坊主。
鳥栖二三彥——狐者異。
乃村汐里——反枕。
石塚文武——洗豆妖。
鵜木真生——精螻蛄。
加賀沼敦史——夜啼石。

他照著客房號碼的順序列出每個人的名字和象徵他們罪行的妖怪，然後又在下一頁寫上……

第一人：因邪念而侵占鉅款——伍堂研司？
第二人：殺死孕婦、奪走她的孩子。
第三人：在暴風雨的夜晚淹死妻子。
第四人：因嫉妒而置人於死地。
第五人：因告密而害死別人。
第六人：奪走哥哥的人生。

第七人：拋棄朋友的屍骸任其腐壞。

「哇，你全都記得啊？」

「呵呵，因為是我嘛。」

「呃，伍堂先生的罪是『侵占』，可以確定他是第一人……那其他人呢？」

「這個嘛，最明顯的就是『夜啼石』了。」

皓說完，繼續在筆記本上寫道：

殺死孕婦、奪走她的孩子：夜啼石——加賀沼敦史？

……這樣啊，原來是加賀沼。

「『夜啼石』是關於靜岡縣小夜的中山的某顆石頭的傳說。那顆石頭本來是翻山越嶺的旅人用來祈求旅途平安無事，但是不知從何時開始，石頭竟在晚上發出啼哭聲。」

故事大概是這樣的……

以前有一位叫做小石姬的孕婦在山上遭盜賊攻擊，女人被割開的肚子裡掉出一個嬰兒，他因為母親的死而活下來，有個和尚看見夜晚在石頭上哭泣的嬰兒便收養了他。孩子長大以後成為優秀的武士刀研磨師，他找到殺死母親的盜賊，成功地為母親復仇。

真是可喜可賀……應該是吧？

「雖然傳說的內容是這樣，但加賀沼先生還沒被警方抓到啊？」

「我也這麼想。既然照妖鏡會把『在現世還沒受到懲罰的罪行』顯現成妖怪的模樣，那可能是這件事還沒被立案調查，又或許是立了案但還沒破案。」

如果加賀沼的罪行是「殺死孕婦」，那他現在被處刑人盯上就代表……

（該說是惡有惡報嗎？）

青兒正在喃喃自語時……

「喂，打擾一下。」

「咿咿咿！」

出現在門口的是他們正在談論的加賀沼。青兒忍不住發出慘叫，像隻被蛇盯上的壁虎攀在洗臉台上。

「喂，聽說這傢伙不舒服，難道是腦袋的問題？」

「沒有啦，青兒就是這個樣子，請不要在意。你有什麼事嗎？」

皓迅速把筆記本收進懷裡，微笑著問道。加賀沼用懷疑的眼神望著他，然後把手伸進口袋。

「我有事情想拜託那個窩囊廢。」

才不要。

……雖然青兒很想這樣說，但還是選擇了點頭。

「你下車以後，把這個貼上郵票寄出去。」

他拿出一個信封，上面有燙金的列車標誌，應該是從圖書室拿的。

收件地址是東京都某間出租公寓，寄件人的欄位全是空白。

「呃……裡面是？」

青兒很擔心，裡面該不會是白粉或決鬥信吧？加賀沼想必從青兒的表情看出他的想法，笑了一笑說：

「你很在意的話，可以打開來看。因為找不到膠水，所以我沒有封上。不過，如果你破壞裡面的東西，我就要拿你的頭來玩劈西瓜。」

……這個人真是太野蠻了。

青兒哭喪著臉，戰戰兢兢地打開信封，看見裡面有一張對摺兩次的廣告傳單。那似乎是以創作料理為主的西式居酒屋，上面還印著「開店慶」和「免費招待紅酒一杯」的字樣。

那張傳單皺到令人愕然的事就先不管了……

「……這是什麼東西？」
「信。給我弟弟的。」
唔……不管再怎麼看，這都只是一張傳單啊。
不過收件人的名字是「加賀沼等史」，看來這真的是要寄給他弟弟。
「呃……為什麼要我去寄？」
「因為你已經脫身了，活著離開的機率很大。那就拜託你。」
青兒好一會兒才理解這句話。
加賀沼說著「拜拜」就想離開，青兒急忙叫住他。
「等、等一下。既然你知道自己有可能會死在這裡……」
他本來想繼續說「那還不如自首」，但加賀沼一臉厭煩地轉過頭來。
「我現在對那個執行人很不爽。」
他邊說邊拿出一把摺疊式藍波刀，「啪」的一聲打開。那附背齒的銳利刀刃閃耀著寒光，像是一個弄錯場合的玩笑。
「那個執行人到底是誰？難道是我殺死的人的丈夫、孩子，或是親朋好友？我覺得不是，如果真是他們，才不會訂出『活著抵達終點站就放你走』這種莫名其妙的規矩。」
他說得沒錯。加害者與受害者，或是殺人犯與復仇者——存在於這班列車上的並不是那種關係。

這裡有的只是該下地獄的罪人、把罪人當成遊戲棋子的鬼，以及執行人。

「而且，對方竟然還說只要願意自首贖罪就能活著回去？既然會說出這種話，想必只是個假裝正義使者的陌生人，因為如果是被我殺死的人，就算我死了對方也不會放過我。這不是道歉就能解決的問題，所以無論我有沒有反省都不重要。」

……太武斷了。

青兒雖然這樣想，卻沒有說出口，或許是因為這對加賀沼來說就是真理。而且青兒也明白，面對死了仍無法彌補的罪，反省和道歉確實都沒有意義。

「可是……」

青兒正想反駁，皓也開口了。

「如果對方不會因為你贖罪而原諒你，你也不會為了得到原諒而贖罪，那你今後要怎麼過活呢？要不要認錯和贖罪，這是你自己的問題。所以，就算處刑人搞錯什麼，你都沒有理由裝出一副受害者的樣子放棄活下去。」

他的聲音像水一樣沉靜。如水面般映出對方身影的雙眼也是。

加賀沼哼了一聲。

「沒錯，所以我已經決定了，如果處刑人殺過來，我就殺回去。喂，喪家犬，你可別死了喔。」

說完，他就轉身走出去。

青兒茫然站著不動，手上仍拿著那封裝入傳單的「給弟弟的信」。

「等……」

他根本來不及叫對方「等一下」。

（可是，這封信的收件人或許不希望加賀沼先生……）

如果那個人不希望加賀沼死去……那麼，不是應該阻止加賀沼嗎？

這時，皓的手在青兒的背上拍了兩下，像是鼓勵，又像是安慰。

「我們也回休息室吧，免得讓其他乘客擔心。」

「呃，好，你說得對。」

青兒急忙把信封放進上衣口袋，兩人一起回到圖書室。

然後……

青兒不敢相信自己的眼睛，因為他看見圖書室底端的玻璃門——不，是門後的休息室變得一片白茫茫。

「那個……該不會是霧吧？」

看起來也有點像白靄。彷彿列車外的霧氣從某處鑽入車內。但是……

『喂！這是怎麼回事？火災嗎？該不會是要燒死我們吧！』

休息室裡傳出咆哮聲，把青兒的意識拉回現實。

原來是火災。

休息室可能是起火地點，裡面全都是煙，在滿室的白煙之中就連想要睜開眼睛都很困難。

『去拿滅火器！快一點！』

『可惡，什麼都看不見啦！到底是怎麼搞的！』

白煙裡不知是誰發出怒吼。青兒的腦袋幾乎陷入恐慌。

（不、不會吧，如果……如果在這種地方發生火災……）

可是……

他若是繼續站著不動，就會重演他站在燃燒的山門前束手無策的情景，還有聽到皓的死訊卻又無能為力、只能絕望的那一夜。

所以……

「呃，放在哪裡呢……啊，找到滅火器了！」

果不其然，附玻璃門的書櫃旁邊有個小小的滅火器，但是滅火器不知為何被鍊子纏在架子上，一時之間拿不下來。

（冷靜點，冷靜點……好，打開了！）

但是，正當青兒要拿著滅火器衝向休息室時……

「嗚哇！」

皓突然一把揪住青兒的領子，害他跌得四腳朝天。

「你、你做什麼啦！」

「你先冷靜下來。這或許不是火災。」

……咦？

「什、什麼意思？」

「休息室的天花板應該有偵熱型火災警報器，既然警報器到現在都沒有反應，而白煙也沒有變成黑煙……」

這時，青兒注意到玻璃門後面的「東西」。

有一隻只能看見黑色輪廓的生物在白煙之中死命掙扎。

那是蛇嗎？

化為黑影的兩條蛇用腦袋「咚咚」地撞著地板。

緊接著……

仔細一看，那看起來像蛇的東西，原來是倒在地上的人痛苦掙扎的雙腳。青兒一發現這點，頓時冒起雞皮疙瘩。

「怎……怎麼會……」

青兒茫然地囁囁說道，聲音聽起來好遙遠，彷彿在說話的是別人。他的膝蓋顫抖不停，好幾次差點跌倒，但他還是勉強走進那扇門。

遮蔽視線的白煙似乎漸漸稀薄。

煙散去了。

走近一看，躺在地毯上的兩條蛇果然是人的腳。

是加賀沼。

他仰躺在門邊的滅火器前方，已經斷氣了。雙眼睜得大大的，口水從嘴角流出，劃出一條連到耳邊的線。

無庸置疑，這個人確實死了。

「……嗚！」

青兒像是挨了一記悶棍，視野都在搖晃。

（為什麼加賀沼先生會……）

短短幾分鐘前，他還在說話、走路，還把裝入廣告傳單的信封塞給青兒，甚至說出「處刑人殺過來，我就殺回去」這種話——一想到這裡，否認的心態就變成嘔吐的衝動。

但是，青兒真正想否認的是如今眼前所見的現實。

他往後方踉蹌了幾步，此時……

「你讓開。」

有個人擠過來跪在屍體旁邊。是鳥栖。

他檢查了加賀沼的脈搏和瞳孔，然後首次露出不一樣的表情——稍微皺起眉頭，咬住嘴唇。接著，他開始幫加賀沼做心臟按摩和人工呼吸，但沒多久就停下來。

「怎麼會……他該不會死了吧？」

發問的是鵜木。她的語氣像是祈禱，又像是哀求。

乃村和石塚不知何時也來了，兩人的臉色都蒼白得像死人一樣，凝視著眼前的場面。凝視著躺著第一個犧牲者的兇案現場，以及那位身分不明的假偵探。

「死因應該是被注射了毒藥。」

鳥栖用冷靜的語氣說道。

他沒有直接回答鵜木的問題，而是從屍體旁邊撿起一樣東西。或許是為了避免沾上指紋，他用白色手帕包起那樣東西，拿給大家看。那是一根和小指差不多大小的針筒。

「原來如此，脖子上有注射的痕跡。」

「咦？」

聽到皓這句話，青兒慌張地望向屍體。所謂的痕跡是直徑一公釐的圓點，看起來像一顆紅痣。原來那是針孔啊？

「症狀是呼吸困難和痙攣。仔細看看，針筒裡還留有褐色液體，多半是尼古丁的濃縮液。」

「呃，尼古丁？是指菸草嗎？」

「嗯，是的。如果直接注射到血液中，效果會比從肺部吸收更強，只要三、四滴就能置人於死地。注射到體內不用一分鐘便會引起痙攣，讓人無法呼吸，因而喪命。」

「一、一分鐘！」

青兒渾身湧起一陣惡寒。這麼說來，就算加賀沼感覺到脖子上有針刺的疼痛，也來不及意識到自己身上發生了什麼事吧。

定睛一看，屍體旁邊有一把摺疊式的刀，大概是加賀沼痛苦掙扎的時候從口袋裡掉出來的，刀刃並沒有拉出來。

「……嗚，噁！」

接著傳來咳嗽的聲音。青兒訝異地轉頭望去，發現鵜木不知何時蹲在地上吐了。

這也沒辦法，因為被殺的說不定會是她。

「妳還是回房間休息吧……乃村小姐，可以請妳陪她回去嗎？」

「咦？啊……好、好的！」

乃村突然被點到名字似乎有些驚嚇，但她還是戰戰兢兢地跑到鵜木身邊，扶著她的肩膀一起走出去。

（她看起來似乎沒事，太好了。）

但青兒才安心了一下子。

「這大概是其中一個機關吧。」

皓的聲音從直立式鋼琴後方傳來。

青兒急忙跑過去看，發現有個金屬箱子藏在鋼琴的背板後面。從那東西的金屬外觀看來，似乎是某種裝置。

「……是煙霧機。」

說話的是鳥栖。

啊？那是什麼東西？

「這是用於防災演習或舞台表演的裝置，利用特殊藥劑氣化噴出白煙。但是這種白煙和火災的煙不同，不會傷害人體，火災警報器也偵測不到。」

原來如此，難怪灑水器沒有啟動。

接著他們又找到遙控器。那東西被人隨便丟在地上，大概只有手掌大小，上面有「開

／關」的按鈕。

皓拍了一下手。

「我先來整理一下情況。這件案子的凶手——多半是執行人——看準加賀沼先生回休息室的時機，用藏在身上的遙控器打開煙霧機，然後在煙霧的掩護下悄悄靠近加賀沼先生的身後，把針筒插進他的脖子，接著關閉煙霧機，再丟掉身上的遙控器。」

嗯，真實情況想必就是如此。

但是……

「可是，既然室內全都是煙，那凶手一定也會什麼都看不到，為什麼有辦法確定加賀沼先生的位置呢？」

除此之外，凶手還得精準地把針筒插進加賀沼先生的脖子。照這樣看來，凶手鐵定是個高明的殺手。正當青兒這麼想的時候……

「……是滅火器。」

一如往常，皓很快就給出答案。

啊？什麼意思？

「你們看屍體的位置，他不是倒在滅火器前面嗎？而且把滅火器固定在架子上的鍊子有鬆開的痕跡，可見加賀沼先生是在拿滅火器的時候被凶手攻擊的。」

「啊……」

青兒想起了剛才在圖書室裡費盡千辛萬苦才取下滅火器的事。如果休息室裡的滅火器也被鍊子綑住，加賀沼想解開鍊子一定也花了不少時間。

「煙霧機的原理是用氣化機把藥劑加熱產生煙霧，所以噴出來的煙會變成暖氣往上升，也就是說，越靠近地板就看得越清楚，想要偷襲蹲在地上的加賀沼先生應該不會太難。」

「聽你這麼一說……」

烏栖喃喃說著，他似乎想起什麼事。

「我好像記得白煙出現時有人大喊一聲『滅火器』。那聲音格外地高亢，是誰喊的呢？」

「難、難道……」

「是的，應該就是凶手喊的。想必凶手是引誘乘客去拿滅火器，自己拿著針筒偷偷在一旁埋伏……結果靠得最近的加賀沼先生就犧牲了。」

青兒聽得直冒冷汗。

——去拿滅火器！快一點！

青兒先前也是聽見這個聲音才有反應，如果他當時不是在圖書室找滅火器，而是在休息室找，或許被殺死的就是他了。

雖然青兒這麼想，皓卻搖頭說：

「我想不至於吧，既然你已經認罪，應該會被排除在處刑對象之外。我覺得更有可能的情況是，凶手為了避免殺錯人，故意選擇我們兩人不在場的時候啟動煙霧機。」

「是、是這樣啊……」

青兒點點頭。

「真的是這樣嗎？」

鳥栖提出反駁。

「說不定你們正是凶手，所以故意讓人這麼認為。你們不需要待在休息室裡，只要待在遙控器的訊號能傳送的範圍內就好，而且，當時離加賀沼先生最近的就是你們。」

青兒正想說「喂喂喂，怎麼可能嘛」……

「哎呀？」

皓突然眨著眼，像是注意到什麼事。

「石塚先生不在呢。」

「咦？可是他剛剛還在那裡啊……」

此時，突然有個尖銳的「喀鏘」聲，接著是一聲尖叫。聲音是從門後傳來的，那邊是餐廳。

三人面面相覷，臉上都寫著「不會吧」，隨即一起衝往餐廳。

「石、石塚先生？」

他在這裡。

而且看起來就像殺人凶手正在行凶的場面。

地上有一大片殷紅的血漬，站在血漬中央的石塚反握酒瓶，不停地胡敲亂砸。

室內瀰漫一股嗆人的味道。

「那是紅酒吧。」

「啊，對耶。」

如皓所說，地上的紅色液體其實是紅酒，破碎的酒瓶在吊燈的照耀下閃閃發亮。

在稍遠的地方，原本放在小桌子上的酒架正悽慘地躺在地上。

先前發出尖叫的乃村顫抖地說：

「因、因為鵜木小姐說要躺著休息一下，我陪她回房間之後就立刻走回休息室，卻看到石塚先生正要從酒架上偷走紅酒。」

原來如此。對於酒癮極大的石塚來說，這種時候當然是不喝白不喝。

但是，他又不能一直向篁點紅酒和威士忌，因此他自然把歪腦筋動到餐廳的酒架上。

……可是，他為什麼要這樣大肆破壞呢？

「我、我不知道，真的搞不懂。他突然從酒架上抓起酒瓶，拚命敲打唱片機外面的壓克力箱子。」

「……唱片機？」

仔細一看，石塚用酒瓶敲擊的地方，正是被圍繞在白百合之間的壓克力箱子，裡面的唱片依然若無其事地在轉盤上旋轉著。

「這、這箱子也太堅固了。」

「……這種事根本不重要吧。」

「不，這點很重要。他那麼用力敲打，箱子都沒有移動分毫，可見是固定在桌上了。這樣的話，無論發生什麼事，都沒辦法把唱片機停下來。而且……」

皓說到這裡，就像貓一樣瞇細了眼睛。

「我想，石塚先生會變成那樣就是因為正在播放的這張唱片。」

「咦？這是什麼意思？」

「剛才吃晚餐的時候，石塚先生也因為唱片機的事而找篁麻煩。當時播放的也是這首曲子。」

「咦？」

青兒仔細一聽，那是如呢喃細語般的鋼琴聲，就連平時從來不聽古典樂的青兒也對這首曲子湧出奇妙的懷念之情，彷彿觸動了一段遙遠的記憶。

「這該不會是《舒伯特搖籃曲》吧？」

說話的是乃村。

「我在音樂課的時候學過這首歌。快睡吧，快睡吧，在媽媽的懷中……」

她流暢地唱出開頭的一段歌詞，但又突然停下來。石塚似乎對她的歌聲起了反應，猛然轉身面對她。

石塚的神情很不正常，他混濁的白眼珠爬滿血絲，張開的嘴角噴出唾沫。

（糟、糟糕！）

青兒感到一陣戰慄，急忙衝到前面護住乃村。

「石塚先生。」

突然有人喊道。下一瞬間，石塚就倒在地上了。原來是鳥栖不知何時從後面偷偷靠近，扭住他慣用的手，把他給壓制住了。

「原、原來你這麼厲害。」

「……別說這個了，快把他的凶器拿走吧。」

不、不妙，鳥栖露出鄙視的眼神。青兒急忙跪在地上，從死命掙扎的石塚手中搶走酒瓶。

「混帳！混帳！你們這些沒用的傢伙！」

石塚痛到扭曲的口中吐出痛罵的咆哮。

「你們在幹嘛啊！該閉嘴的是那個女人吧！都是那女人不好！啊啊，吵死了，你們這些蠢蛋都沒聽到嗎？快點叫那個女人閉嘴！這個廢物！敢看不起我就去死吧！給我去死！」

乃村害怕地發出「咿咿」的驚呼。她大概以為那句「那個女人」指的是她吧，因為現場只有她一個女性。

（他真的是在說乃村小姐嗎？）

青兒之所以如此懷疑，是因為石塚並沒有看著乃村，而是望向沒有人的另一邊，彷彿看見不存在的某人。

「那個人……是不是你太太？」

鳥栖不經意地說了這句話以後，石塚突然大吼一聲，用超乎想像的力道掙脫鳥栖的手，在地毯上滾了一圈，抓起一塊玻璃碎片。

危險！青兒緊張不已。

結果，石塚卻轉身衝出後方的車廂門，消失不見了。

過一陣子……

「他似乎打算把自己關在房裡。」

皓和鳥栖一起去追石塚之後回到休息室，如此說道。青兒放鬆下來後，感到全身都沒了力氣，但是……

「那個……是不是應該把他帶回來啊？這種時候還把自己關在房間裡的人，多半是死定了。」

「天曉得。如果硬把他帶回來，那危險的就是我們。我反而……」

鳥栖說到一半就停下來，難受地大咳。

「對不起，我好像感冒了……我反而覺得我們應該像石塚先生一樣躲在房間裡，反正客房有浴室有廁所，沒什麼不方便的。」

「不、不行啦，這樣不就稱了凶手的心意嗎？」

因為凶手躲在乘客中，如果大家各自行動就沒辦法彼此監視，等於是放任凶手為所欲為。雖然青兒這麼想……

「我們第一次踏進休息室時，煙霧機就已經在那裡，如果執行人比我們更早上車、事先準備了那台機器，說不定這班列車上到處都有類似的機關。」

此時，青兒想起篁說過的話。

——各位的房間裡都沒有機關，大家儘管安心地休息。

那句話或許暗示著客房之外的地方有機關。

「請各位緊緊地鎖住房門，就算聽到尖叫或哀號，最好也不要出來，如果有什麼事，就用內線電話聯絡。」

鳥栖說完，發現乃村仍然不安地望向後方的車廂門。

「我有點在意石塚先生的動靜，所以打算每三十分鐘出來巡邏一次。」

「……咦？你打算一個人巡邏嗎？」

「是的。你們就算聽到我在外面慘叫，也請絕對不要開門。」

……不不不，這怎麼行啊！

「要巡邏就讓我來吧！我已經自首了，應該不會被殺。」

「……就算對方喝醉了，你應該也打不過吧。」

「那我就和皓一起巡邏！」

「……好吧，那每隔一小時我就和你們換班。」

事情就這樣說定了。

在那之後，眾人先用桌巾蓋住加賀沼的屍體，再送乃村回三〇一號房，之後就解散了。鵜木正在六〇二號房休息，鳥栖說之後會再通知她。

（……這樣真的沒問題嗎？）

青兒努力不去想加賀沼的死狀。他摸到了外套口袋裡的信封，感覺那跟屍體一樣冰冷。

準備關上房門時，鐘擺式時鐘正好發出報時的聲音。

深夜零點，距離天亮還有六個小時。

青兒的腦海裡浮現不祥的倒數，令他忍不住渾身一顫。此時，房門在他的背後「喀嚓」一聲關上。

——剩下六個人。

*

「啊，對了。」

青兒說出這句話時，正是凌晨零點三十分。

此時假偵探鳥栖應該在車上到處巡邏。

在那之後，由於皓的提議，他們先檢查三〇二號房有沒有被安裝竊聽器，但是沒有找到任何異狀。休息了一下子以後……

「啊，我現在才想到，加賀沼先生明明被殺了，但是沒有哪個人改變模樣耶。我有時還是會看到他們的妖怪形象，可是全都和先前一樣。」

是啊，完全沒有變化，所以青兒之前都沒有注意到，但仔細想想實在很不自然。已經有一個人被殺，難道這條罪能逃得過照妖鏡嗎？還是說……

「凶手該不會是失蹤的伍堂先生吧……怎麼會呢？」

青兒沒把握地說道，皓摸著下巴，煩惱地皺著眉頭沉吟。

「我想，不是沒有這種可能性，因為我們還不能確定伍堂先生現在是死是活。如果要說其他的可能性嘛……」

他豎起一根手指說道：

「重點是，照妖鏡顯示出來的罪通常只有一個，如果犯了兩種以上的罪，只有比較重大的那條罪會顯示成妖怪的形象。也就是說，如果犯下更重的罪，原本的妖怪形象就會被新的妖怪『覆蓋』。譬如說，在繭花小姐的筆記裡，一虎先生原本是『泥田坊』，但他殺死國臣先生之後就變成『牛鬼』的形象。反過來說，如果凶手以前犯的罪比殺死加賀沼先生一個人更重大，妖怪的形象就不會改變。」

「那麼……這個人一定是罪大惡極。」

青兒說到一半，手臂都冒出雞皮疙瘩。有什麼罪行比殺死一個人更重大呢？他還真想不出來。沒想到執行人竟是這麼危險的人物。

但他更在意的是……

「執行人到底是誰？」

問題只有這一點。

「現在最可疑的應該是鳥栖先生吧？」

「唔，這個嘛……」

皓難得表現出猶豫的模樣，他不確定地歪著腦袋。

「我總覺得不是鳥栖先生。」

「……啊？」

怎麼會呢？

「呃，那他幹嘛謊稱自己是偵探？」

「這個問題只能問他本人。我心裡有一些揣測，但線索實在太少。」

先不討論該怎麼看待鳥栖，最重要的是……

「那到底誰是執行人？」

「我們現在就來研究看看吧。」

皓邊說，邊從懷中取出筆記本。

青兒思索著該從哪裡找線索，然後又從行李箱裡拿出那樣東西。不用說，當然是《畫圖百鬼夜行》。

此時皓突然發出「呵呵」的不祥笑聲，青兒感到自己又要被摸頭了，立刻起身說「我去拿一下行李裡面的飲料」。他正在想著「啊哈哈，被我躲掉了」，結果回來以後還是被摸頭。老天啊。

「說起來『洗豆妖』算是一種『怪聲』。」

皓以這句話開始了說明。

「簡單說，那是在河流或水井這些有水的地方發出洗豆子聲音的妖怪。在不同地區的傳說中，也有說牠不是洗豆子，而是在唱歌。從東北地方到九州，全國各地都有這種妖怪的傳說，所以這種妖怪有很多不同的形體和名稱。」

唔，所以根本沒個準嘛。

「這些不同的傳說有一個共通點，那就是『看不到模樣，只能聽到聲音』。就算有人想要看牠的模樣也找不到牠，還會掉到河裡。這就像是一種共同的幻聽吧。」

「那為什麼要洗豆子？在水邊聽到沙沙聲，一般都是在洗米吧。」

「呵呵，的確呢。對以前的人來說，紅豆是節慶時才會吃的特別食物，紅色在咒術上也有特別的意義，在古代的傳說中還提過用紅豆湯來驅走妖怪的情節。」

「……是這樣啊。」

青兒聽得一知半解，沒想到豆子還有這些涵義。更重要的是……

「唔……那洗豆妖代表的罪行是……」

「好，我們就來推測看看洗豆妖的真面目吧。因為全國都有洗豆妖的傳說，所以這種妖怪的由來有很多不同的說法，有人認為牠是被師兄殺死的小和尚——這是《繪本百物語》的說法——還有人認為牠是在河裡淹死的人或是被殺死的人，而且大多是『女性』。」

「啊！」

青兒想到了。

皓似乎從青兒的表情看穿他的想法，接著用鋼筆在筆記本上寫道：

在暴風雨的夜晚淹死妻子：洗豆妖——石塚文武？

喔喔，猜對了。

「那麼石塚先生口中的『那個女人』，就是被淹死的太太囉？」

「很有可能。而且那首《舒伯特搖籃曲》或許會讓石塚先生想起太太的死。」

「就像是創傷後壓力症候群嗎？」

這麼說來，邀請石塚來搭這班列車的人，就是明知這件事才特地準備了那台唱片機吧？

如果另一個小桌子上的酒架是用來吸引石塚的誘餌，而那首停不下來的《舒伯特搖籃曲》是用來刺激他發狂、讓他在乘客之中受到孤立的陷阱……

「……那場騷動想必不只是死亡 flag 那麼簡單。」

「是啊，既然發生這種情況，他一定會把自己關在上鎖的房間裡。」

電話突然響起。

聽到「嘟嚕嚕」鈴聲的瞬間，青兒頓時全身一顫。

皓緩緩起身，看了看上面顯示的來電號碼。

「喔，是鳥栖先生。」

「咦？他不是正在巡邏嗎？」

青兒想起他說過「有事就立刻用內線電話聯絡」。這麼說來，難道他在巡邏時發現了什麼？

「喂喂，這裡是三〇二號房。」

皓一接起電話，立刻切換成免持聽筒模式。

『喂喂，我是烏栖。』

烏栖的語氣還是一樣平淡。

『我有兩件事必須通知你們。第一件是我在餐廳和休息室裡找到竊聽器。』

突然就來了個壞消息。

『那是偽裝成插頭的款式。我跟你們分開後立刻回到休息室調查，果然找到了竊聽器。我覺得應該還有，但是找不到其他的。』

「這樣啊，辛苦你了……不過你該不會都是一個人在搜索吧？」

『是啊。』

「在這種情況下，單獨行動實在太魯莽。」

『……你是在擔心我嗎？』

「嗯，是啊。我覺得你可能活不久了。」

『大概吧，我已經決定好要活多久了。』

……他應該是在開玩笑吧？

『好，再來是第二件。我調查過餐廳，發現除了石塚先生用過的酒瓶之外，還有另一個完整的酒瓶。那可能是他本來想要偷回去喝的，而且已經開過了。』

皓訝異地說著：「喔？」

「我以為他找不到開瓶器呢。」

『可能是徒手打開的吧，軟木塞被壓進瓶子裡。』

他想喝酒的意志還真堅定，不過這又有什麼問題呢？青兒不解地歪著頭，這時電話的另一端傳來劇烈的咳嗽聲。

『抱歉，我可能真的感冒了……然後，我嘗了一點瓶裡的酒，舌頭立刻麻掉了，我猜酒裡可能下了毒。』

青兒頓時心臟狂跳，胸中布滿烏雲，彷彿有一大片蟲子從巢穴裡爬出來。

『照乃村小姐所說，石塚先生還沒喝酒就開始破壞酒架，所以他應該沒中毒……但我總有一種不好的預感。』

鳥栖邊說邊發出「咻咻」的聲音，像是難受地喘著氣。

後來他試著打電話和敲門，石塚都沒有回應，所以他打算把篁找來，用萬能鑰匙開門。此外，他也打算和其他乘客談談。

「……石塚先生真的還活著嗎？」

皓這句自言自語般的發問沒有得到答覆。

或許他也不期待聽到回答。

*

啊啊，真的死了——青兒如此想著。

石塚完全死透了，因為他的腦袋開了一個洞。

這裡是六〇一號房，已經斷氣的石塚趴在象牙色的地毯中央，一手伸向某樣看不見的東西。

他後腦杓的頭髮濕濡地黏在頭皮上，頭殼上的洞穴被鮮血和腦漿弄得濕答答。沒錯，是洞穴，看起來像個火山口。那是被槍打穿的。

「為什麼……這、這太殘忍了……」

鵜木夢囈般地說著，軟綿綿地癱坐在地上，慌慌張張趕過來的乃村也變得面如土色。

目送那兩人一起衝進廁所後，青兒開始回想來到這間六〇一號房的經過。

在那之後——

青兒他們先和鳥栖及乃村會合，然後一起來到六號車廂。

先前他們用內線電話叫來的篁和臉色依然蒼白的鵜木已經在走廊上，最奇怪的是……

「嗚、嗚啊！這個……是血跡嗎？」

走道上有著斑斑血跡，而且正好在六〇一號房的門前消失。哇，發生凶殺案了！青兒正嚇得發抖時……

「不對，石塚先生離開休息室時抓著酒瓶的碎片，可能是手被割傷了。」

「是、是這樣啊……啊，真的耶，門前有一塊碎玻璃。」

他大概是在開門時覺得礙事，就把碎玻璃丟掉。別這樣嚇人啦——雖然青兒這麼想，但他還是有一種不好的預感。

如今，出現在眾人面前的景象果然和青兒預料的一樣。

「……這是槍傷。」

鳥栖看著屍體頭上的洞穴，喃喃地說。槍——聽到這個字，青兒才突然驚覺。

（……現在的情況好像很不妙。）

沒錯，此時青兒身上還藏著跟棘借來的左輪手槍，如果別人發現了，他一定會被當成凶手，這麼一來他就玩完了。

鳥栖看到青兒不自然地視線飄移、冷汗直流、僵在原地的模樣，就說：

「你的臉色很難看耶。」

「沒沒沒沒沒、沒這回事！完全沒事！」

「……看起來不像沒事耶。」

他冷冷地瞥了青兒一眼，然後跪在屍體旁，用帶著薄手套的手指著屍體的脖子。

「不過殺死石塚先生的凶器並不是槍，他的死因是用針筒毒殺。你們看，他的脖子上有針孔的痕跡。」

「咦？」

仔細一看，那裡確實有一個和加賀沼身上相同的紅痣。

「可、可是，那凶手為什麼還要對他的腦袋開槍……」

「誰知道？總之一定是在他死後才開槍的。」

說完，鳥栖撥開石塚後腦的頭髮，露出底下的頭皮。

「看到了吧，槍傷的邊緣是黑色的。這是把槍口直接抵在腦袋上，或是在幾公分的近距離下開槍才會有的痕跡。一般的槍傷應該是紅色或橙色，如果是死後才遭到槍擊，傷口就會呈現這種灰褐色。」

這樣啊，這麼說來確實如此……慢著，為什麼他會知道這種事？

鳥栖沒理會在心中默默吐嘈的青兒，難受地咳了起來。

「還有，傷口旁邊看不到開槍時造成的燙傷或水疱，可見凶手是先用針筒殺死石塚先生，再對他的頭開槍。」

「為、為什麼要這樣做？」

都已經毒死對方了，再開槍打對方的頭，不是多此一舉嗎？

「我也不知道。我最不理解的是，凶手到底是怎麼進入這個房間的？」

「咦？」

青兒忍不住發出錯愕的聲音，過一會兒才明白過來。

仔細想想確實是這樣。石塚把自己鎖在房間裡，無論執行人是選擇毒殺或槍殺，總之要殺石塚都得先進房間。

可是……凶手是怎麼進來的？

問題就在這裡。房門沒有任何異狀，所以不太可能是硬闖。

話雖如此，要說服石塚自行開門更不可能。他簡直就像一隻凶惡的刺蝟，要是惹火他，鐵定會被他用酒瓶打得頭破血流。

青兒緊張地吞著口水。

「那麼，這就是密室囉？」

對，又是密室。

首先是伍堂在上鎖的二〇一號房裡突然消失，再來是石塚在不可能入侵的六〇一號房裡被毒殺，腦袋還被槍轟出一個洞。

光是這個晚上，就有兩人死在密室裡。

此時……

皓舉起手指，青兒沿著那個方向看去，發現他指著屍體穿在身上的西裝。說得更準確點，是右邊的有蓋式口袋。

「石塚先生本來把房間鑰匙放在那裡，現在不知道還在不在。」

「呃？你怎麼知道……」

青兒一說出這話才發現。

（喔喔，對耶。就是大家發現伍堂先生失蹤，開始搜尋客房的時候。）

所以皓才會記得石塚把鑰匙收在哪裡。眼睛真利。

鳥栖依照皓的指示，把手伸進石塚右邊的口袋。仔細一看，口袋的蓋子上沾著血跡，可能是把右手伸進去拿鑰匙的時候沾到的。

過一會兒……

「是這個吧？」

鳥栖邊說，邊拿出六〇一號房的鑰匙。

當然，那把鑰匙看起來和三〇二號房的差不多，握把的洞裡用深藍色絲帶掛著有房號的牌子。

唔……乍看之下似乎沒有什麼奇怪的地方，不過……

「這還真是奇怪。」

……果然是這樣。

雖然看在青兒眼中，那把鑰匙和先前沒什麼兩樣。

「的確和先前一樣。門把既然沒有沾到血跡，可見石塚先生是用沒受傷的左手握門把，所以他一定是用受傷的右手拿鑰匙。但是，鑰匙被他滿是鮮血的手握過卻還是一樣乾淨，沒有沾到半點血跡。」

「……是、是這樣啊。」

的確。如果石塚用受傷的手拿鑰匙，絲帶和房號牌子沒沾到血跡就說不過去，畢竟連他右邊口袋的裡面和蓋子都沾到血跡。

唯一可能的解釋就是……

「呃，鑰匙上的血跡是被凶手擦掉的嗎？」

「如果光是鑰匙還有可能，但絲帶是綢緞材質，牌子是軟木材質，沾到血跡一定很難擦乾淨。」

那到底是為什麼？

青兒還在疑惑，但鳥栖已經露出恍然大悟的表情。

「……原來是這樣。」

他邊說邊打量室內。

「嗯，就是這樣。」

皓也露出微笑，用了然於心的表情點頭。

如同慣例，還是只有青兒一個人搞不清楚狀況，而且他還沒發問，烏栖不知為何就走出房間。

此時皓拍了拍手，像是要從頭說起。

「這間六〇一號房還有一個不自然的地方，你知道是什麼嗎？」

……怎麼可能知道嘛。

「呵呵，簡單說，走道上留著一整路的血跡，但房裡卻沒有血跡。屍體是趴在房間中央，所以這種情況很不合理，而且看不出他用衣服之類的東西擦過血跡的跡象。」

喔喔，的確呢。青兒點點頭。

若是石塚走到地毯上，必定會留下一條從門口延伸進來的血跡，就像走道的情況，可是地毯還是跟新的一樣。

「他會不會是先去廁所洗了手？」

「要用廁所的洗臉台就得走到裡面那扇門，就算他走的是最短距離，地毯上應該還是會留下血跡。」

「那、那麼……或許他一進房間就先用手帕把血擦掉，之後手帕又被凶手拿走……」

「我覺得應該不會，因為石塚先生的手帕還在這裡。」

皓邊說邊在屍體旁邊蹲下，從胸前的口袋拿出一條手帕，像變魔術一樣地攤開。

「石塚先生用普通的手帕來代替口袋巾。你看，上面有紅酒的汙漬對吧？」

「啊，真的耶。」

「他因為酒精而容易手抖，吃飯喝酒時一定會經常掉東西。這種使用方式是不符合禮儀的，因此凶手多半也沒注意到。此外，房間裡找不到血跡。」

所以這到底是怎麼回事？

青兒正在苦思時，鳥栖又回來了，他沒理會像個門房一樣站在旁邊的篁，迅速走進房間。

接著他突然狂咳起來，腳步隨之踉蹌。

「你、你沒事吧？」

青兒急忙衝過去，朝鳥栖伸出手，但他還沒碰到鳥栖的肩膀，就被一把推開。

「……再怎麼樣也比被人殺掉來得好。」

鳥栖不屑地說道。哇，這人真是太沒禮貌了。

他沒理會露出埋怨眼神的青兒，繼續朝著皓走去。

「我確認過了，這是二〇一號房的鑰匙。不見的鑰匙只有這一把。」
「這樣啊。既然如此，想必是不會錯了。」
聽到鳥栖高深莫測的發言，皓也表現出一副心知肚明的樣子。但鳥栖回應「誰知道呢」，朝青兒瞥了一眼。
「不好意思，請你來一下圖書室。乃村小姐和鵜木小姐也一起來。」
就這樣，眾人移動到圖書室，如今緊張地吞著口水看鳥栖。從這場面看來，應該是推理劇的解謎時間。所有相關人士都心焦地等待偵探開口。
但鳥栖還是掛著那張波瀾不驚的撲克臉說道：
「我現在應該要說出凶手是誰，不過，我想先讓你們看看一樣東西。」
喔？是什麼呢？青兒正感到好奇，但接下來……
他的左腳踝突然感到劇痛，視野頓時一歪。當青兒意識到自己被掃了一腳時，他的右手已經被扭住。
喀嚓一聲。
青兒低頭一看，他的手腕上扣著一圈黑色的東西。那是手銬。
「這、這是什麼啊！」
「手銬。」

「我當然知道！看也知道是手銬！我不是問這個，是問你為什麼會有這種東西啦！」

看到青兒驚慌失措地大叫，依然面無表情的鳥栖把另一頭的手銬「喀嚓」一聲扣在窗戶下面的不鏽鋼扶手上。這下子，青兒能移動的範圍就只有手銬的長度。

「我才想問你這個問題。」

鳥栖把手伸進青兒的外套裡，抽出藏在裡面的東西，就是那把左輪手槍。

「你、你、你……」

青兒還來不及問「你怎麼知道」，鳥栖便說：

「坦白說，你的舉止太可疑。你一直無意識地摸著外套，而且聽到凶手用的是手槍，就更可疑地游移著視線，所以我剛才故意假裝站不穩，趁機摸你的外套，確定裡面藏了手槍。」

「咦？所以你剛才……」

混帳，竟然騙了我——青兒很想破口大罵，但這樣就更像壞人了。

「其實伍堂先生消失的那件事，我也覺得凶手只有可能是你。」

鳥栖如此說道。

「伍堂先生消失時，只有你說『二〇一號房發出慘叫聲』。如果你是在說謊，就能這樣假設：伍堂先生不是在二〇一號房消失，他根本沒有進入二〇一號房，而是在回去二〇一號房的途中就被偷偷跟過去的你殺掉了。」
鳥栖的論點是這樣的——
伍堂要從餐廳走回二號車廂時，青兒在三號車廂或四號車廂追上他，用那一管尼古丁針筒殺害他，再把他的遺體拖進四號車廂的公共廁所。
接著，青兒帶著伍堂的西裝外套走出廁所，用口袋裡的房間鑰匙打開二〇一號房，為了讓人以為伍堂已經回房間，就把鑰匙放回外套口袋，再把外套掛在衣櫃裡。
青兒離開二〇一號房，關上房門，門就自動鎖起來，等到其他乘客跑來時，再撒謊說「聽見房間裡發出慘叫」。
唔，這樣的確說得通……不不不，別開玩笑了！
「可、可是門裡面的門扣是扣著的耶！」
「只要利用繩子或細線就能從外面扣上，譬如你現在穿著的皮鞋上的鞋帶。」
「你們不是搜索過公共廁所嗎？裡面怎麼可能有屍體！」
「沒錯，廁所裡面沒有屍體，所以我認為是篁趁著我們在調查二〇一號房的時候偷偷把屍體移走的，可能是搬到機關車頭吧。我們在搜索時，屍體已經被搬走了。」
「那、那房門前的水漬是怎麼回事？」
「誰知道……這很重要嗎？」

哎呀，真是的！竟然不回答！

青兒束手無策地猛抓頭。

「總之你們和篁確實是認識的吧？」

「呃……」

青兒忍不住露出「你怎麼知道」的表情。

「列車發動之前，我還沒去餐廳就先在車上逛了一圈，當時我聽到你們在三號車廂的門口說話，雖然沒有聽到詳細的內容，但我確定你們提到了『takamura』（註4）和『叛徒』。後來到了餐廳，你們看到篁進來打招呼時顯然很驚訝，我還直接問了你們。」

青兒頓時感到全身冰涼，同時想起鳥栖問過他的問題。

『你們跟那個叫篁的人是不是早就認識了？』

原來他當時沒頭沒腦地問那個問題是有理由的。

「為什麼伍堂先生會因為『突發的意外狀況』而消失呢？我大概猜得到理由。因為伍堂先生用的是假名，身為執行人的你先前一直沒發現他是你的熟人，所以你不得不在遊戲開始之前，先把他解決掉。」

「怎、怎麼會呢！」

青兒想要否認，卻說不下去。他嘴裡發乾，連吞口水都覺得痛。

鳥栖的推論確實說得通，把那些線索合起來看，執行人確實很像是青兒。

就在青兒準備反駁時……

「但我不認為你是主犯。」

「咦？」

青兒不知道他又想說什麼，正在戒備時，鳥栖一把抓住皓的手腕，就像手銬一樣牢牢地扣住。

「喂！你想做什麼啊！」

青兒忍不住大吼。

但身為當事人的皓卻把食指按在嘴唇上，接著又敲敲耳垂，像是在告訴青兒「你先安靜一點」。

青兒還是很不甘心，但鳥栖又繼續說：

「執行人是兩人一組。西條負責下令，遠野負責動手。留聲機可沒說過執行人只有一個人。」

鳥栖說出結論以後，拉起皓的手腕。

註4　「篁」的日文發音。

「西條先生，我們去二〇二號房談談吧。」

「好啊，我無所謂。」

「我現在先送鵜木小姐和乃村小姐回房間，請妳們再檢查一次房間和行李。既然找到了竊聽器，說不定還有什麼機關。」

鳥栖說完以後又咳了起來，但還是立即動身。青兒心想，鳥栖似乎真的感冒了……不，更重要的是，難道要把他丟在圖書室嗎！

「喂！等一下！如果你要問話，我也要去！」

「我跟你沒什麼好談的。」

「或、或許吧……不對，說起來你也只是個假偵探……」

青兒聽見鳥栖喃喃說了一句「真囉嗦」。

接著鳥栖衝到青兒面前，用手臂扣住他的脖子。青兒還來不及意識到那是柔道之中的「裸絞」，就已經暈過去了。

之後發生的事，他全然不知。

*

青兒作夢了。正確說來，那或許是過去的記憶。

「唔……咦？皓？」

「喔，你醒啦？你睡得真香呢。」

青兒一睜開眼睛，就看見皓坐在自己對面，正在看一本攤開在桌上的書。不用說，他坐的還是那張安妮女王式的椅子。

地點是一如往常的書房，為了換氣打開的窗戶吹進了秋風。青兒正想抽根菸，一不小心就睡著了。他眨眨眼睛，坐了起來。

「咦？我的菸盒呢……喔，找到了！」

不知為何跑到他頭上的菸盒「咚」一聲掉下來，大概是某人的惡作劇吧。青兒望向皓，皓若無其事地繼續看書，肩膀卻微微顫抖著，似乎正在強忍著笑意。

皓大概發現青兒的白眼，咳了一聲闔起書。

「說不定是反枕在作祟喔。」

這句話百分之百是騙人的……不過，反枕是什麼啊？

「那是一種趁人睡覺時移動枕頭的妖怪。你是不是曾經一覺醒來，發現原本在頭下方的枕頭跑到腳邊？那就是反枕做的。」

「呃，那只是因為睡相太差吧？」

「呵呵，你說得沒錯。不過『移枕』這種行為倒是有特別的涵義。」

……唔，雖然不知道移動枕頭有什麼意義，但青兒知道皓想轉移話題。

「所謂的『移枕』，在古代指的是葬禮中『把死人的枕頭朝向北方』。也就是說，枕頭被當成咒術的道具，移動枕頭就代表由生轉為死。」

「什麼咒術的道具……太誇張了吧。」

青兒的言下之意是「那不過就是個枕頭嘛」。

「對古人來說，枕頭是連接夢與現實的物品，也就是說『移枕』可以阻絕靈魂回來的路，這等於是奪走別人性命的惡行。」

「竟、竟然這麼嚴重……」

想起來真是令人不寒而慄。

「呵呵，還有傳說提到反枕的由來是『借宿時被殺害的旅行者』。」

總覺得皓說起這些事的表情很愉快。唔……就像是覺得家裡的狗被雷聲嚇得半死的模樣很有趣的那種眼神。

「或許我將來也會看到這副模樣的罪人吧。」

「很有可能，不過沒有罪人才是最好的。」

皓喃喃地說，青兒感覺這才是他的真心話。

窗外照進來的陽光已經不如夏天那般炫目。這是個很普通的九月下午，普通得彷彿一眨眼就會忘記。

「呃，話說你是怎麼開始搞地獄審判的？」

青兒不經意地問了這個問題。

「啊，不是啦，因為我聽說那應該是閻魔殿的工作……」

「嗯，是啊。我只是代理，那原本是火之車之類的鬼差在做的事。」

「可是……既然罪人死後就會下地獄，為什麼一定要在活著的時候懲罰他們呢？有必要這樣增加工作嗎？」

皓盤起雙臂沉思片刻，然後吐了口氣，放下手臂。

「或許是因為人的期望吧。」

「咦……怎麼會呢？人明明是受懲罰的那一方，為什麼會這樣期望？」

「這就是人啊。人往往會想用超越一般範疇的刑罰去懲罰別人，因為即使是處以極刑都不足以洩憤，在陰間形成地獄的就是這份怨恨。」

這麼一說，確實如此。

如果失去心愛的人，知道凶手最終會下地獄多少能帶來一些安慰，若是知道凶手在陽間就要面臨地獄一定更加寬慰。

「而且人也會埋怨鬼神這些超越智識的存在。既然鬼神不能阻止人的惡行，至少該給予懲罰——於是就有了『火之車』這種妖怪。作惡的是人，想要懲罰惡行的也是人。說起來，給別人懲罰就等於是給鬼神懲罰。」

青兒心想，喔喔，原來如此。

鬼並不是「自願」懲罰人。

而是因為「受到期望」而懲罰人。

這麼說來，地獄審判對於擔任代理人的皓也是一種懲罰吧。

「不，我也會站在人的那一邊支持懲罰，因為我既是鬼又是人，所以我會同時用兩邊的角度來看事情。」

青兒愕然地眨著眼。

既不是人，也不是妖——青兒想起皓以前曾經這樣形容過自己。

「是啊，我以前確實這麼說過。」

皓察覺到青兒的眼神，發出一聲乾咳。

「但我現在同意你的說法，我兩種都是。既是妖，又是人，這就是我。」

「……是嗎？」

「呵呵，是啊。」

皓邊說邊笑得像盛開的白牡丹般明豔，和青兒剛認識他的時候一模一樣，這個笑容或許將來也不會改變。

但是……

心是不是會逐漸改變呢？如果他們雙方都在人世的生活中漸漸改變，那麼……

或許這就像是幽暗地獄裡開出了花朵吧。

然後，青兒醒來了。

他意識恢復後，視線的焦點落在檯燈的橘紅色燈光上。這裡是圖書室。

「……什、什麼時候……」

青兒想要起身，身體卻發出哀號。

他的右手腕當然還扣著手銬，他正伸直雙腳坐在窗戶下方。因為手臂一直不自然地高舉，手肘以下已經麻掉了。

（我到底睡了多久？）

青兒拿起手機一看，現在已是凌晨三點。皓是不是平安無事？

他仔細傾聽，但什麼都聽不到，只有一片寂靜——不，應該說是沉默。說不定並非

「沉默」，而是「無法開口」。

「皓，你沒事吧？」

青兒拉開嗓子大喊。

『如果你醒來了，就看看窗外。』

有個聲音傳來，那是皓的聲音。

（……窗外？）

青兒依言望向窗外，頓時有一道光芒射過來。

接著是狂風吹過的震動聲。

如巨大怪物般的兩隻眼睛發出燦爛光芒，在玻璃窗之外飛馳而過。

那是對向列車的車頭燈。

青兒看到了。

然後……

「車上是禁菸的。」

身後突然傳來聲音，嚇得青兒跳起來。

點燃的香菸隨之掉落。

青兒急忙撿起香菸，出現在旁邊的篁遞出菸灰缸。這和紅子從懷裡拿出魷魚乾大概是相同的狀況吧。

「圖書室的窗戶若是打開，我就會收到通知。」

篁的視線盯著青兒剛才搖下的窗戶。他先前應該是待在七號車廂，沒想到來得這麼快。

「對、對不起。因為我被銬在這裡動彈不得，所以忍不住就抽起菸來了。」

「真是令人同情。」

——你才沒資格這麼說。

青兒差點忍不住吐嘈，好不容易才把這句話吞回去。

「那個，你到底為什麼……」

青兒還沒說完，篁卻說「我先失陪了」，鞠躬之後就離開。因為篁是走向前方車廂，讓青兒嚇一跳，還好他的腳步聲一直沒有停下來，大概去了機關車頭吧。

他才安心沒多久，就有個意想不到的人出現在眼前。從前方的三號車廂走進圖書室的人是……

「……乃村小姐？」

她的神情和腳步都空虛得宛如亡魂。

好像一副失魂落魄的樣子——不，應該說比失魂落魄更嚴重。

（我似乎看過這種神情。）

青兒很快就想起來了，豬子石最後一次造訪他的公寓時也是這種表情。

乃村從他的面前經過。

「那個，妳要去哪裡啊？」

被青兒這麼一叫，乃村停了下來，但還是低著臉，沒有直視他。

「……我想去七號車廂。」

「咦？妳是要找篁嗎？他剛剛從這裡經過，現在不在七號車廂喔。」

難道她是要去自首？青兒一面這麼想，一面向她解釋。乃村咬著嘴唇像在思索，然後嘆了一口氣。

「那就算了，找你就行了。」

「啊？」

她轉身走向青兒。

青兒頓時感到全身發涼。

因為她的手上拿著一樣很眼熟的東西——那是加賀沼的摺疊式刀子。

＊

很尋常。

無論是這幾年因為經常徹夜不眠而全身疲乏，還是深夜明明睏得不得了，但一閉上眼睛就感覺到強烈的心悸、淚流不止，或是每次站在車站月台上就有一種被鐵軌吸引過去的衝動，都很尋常。

無論是她在求職時投履歷給一百多家公司，結果錄取她的只有一間沒有半個人參加合同說明會的公司，還是十人同時進了公司但不知不覺只剩下兩人，或是她突然發現自己開始看求職網站和免費刊物的徵才頁面。

全都很尋常。

一打開網頁瀏覽器就能看到一大堆更悲慘的職場故事，所以她永遠都能找到理由來說服自己，就算沒有特休、就算沒有加班費、就算不能加薪，還是要繼續努力下去。

所以，她很尋常地一直努力過來了。

雖然沒人會幫助她，也沒人會誇獎她，但她不曾對別人有過惡意，也不會傷害或踐踏別人。

她一直是個善良的人，很尋常。

但是打開社群網站，看到的全都是不知何時已經疏遠的朋友們的「尋常」，像是在飯店舉行的姐妹淘聚會、家庭派對、結婚紀念日、婚禮、孩子誕生……每次看到這種「尋常」，她都只是默默地按讚，但最近她連手指都不想動了。

就在這時——

「……我覺得某某小姐不太尋常。」

她聽見了那個女人跟上司談話的內容。

那個女人是以派遣員工的身分來到公司，口頭禪是「工作也該適可而止」，每年出國旅行一趟並且買伴手禮回來分送，常常抱怨住在三十分鐘車程之處的父母太溺愛孩子，放假時會跟先生一起出去購物，每週一次去上她感興趣的插花班。

這就是那個女人的「尋常」。

「那個人好像活在另一個世界。我知道她不是壞人，但是老實說，我不知道要怎麼跟她相處，甚至有點怕她……因為像她那種人一定會嫉妒我。我這樣說或許很難聽，不過，她到底是為什麼而活啊？這個人沒有男友、沒有傲人業績、沒有休閒、沒有證照、沒有未來的保障，根本什麼都沒有嘛。真的很不尋常。」

所以……

就算她在年終尾牙看到那個女人說「真不舒服，好想吐」，枕著摺起的外套開始睡覺時，把那件外套移到那女人的腳邊。

就算後來大家愕然發現那個女人被自己的嘔吐物哽住喉嚨，已經窒息了。

——活該。

她會這樣想也是很尋常的。

*

站在青兒面前的確實是乃村。她穿著樸素的上班族套裝，和青兒一樣不善交際，是個是乃村。

性格沉穩的中年女性。

但是，她手上拿著刀子，附有可怕背齒的刀刃在檯燈的照耀下變得紅豔豔的。

她朝著青兒走了一步。

（啊啊啊，怎麼搞的！為什麼最近老是碰上這種事！）

青兒最近實在太常遭到暴徒襲擊，令他忍不住興嘆「為什麼老是我啊」。他死命拉扯手銬，想要試試看能不能掙脫。

（……咦？）

不太對勁。

乃村手中刀子的方向不太對勁。她直握著刀子，但刀尖卻朝向上方，簡直像是要刺自己的喉嚨。

（她該不會……）

想到「自殺」一詞的瞬間，青兒的身體無意識地動了起來。

「嘿！」

他努力伸長腳踢向刀子，刀子飛到半空中。

——別看我這樣，我對自己的腿長還是很有自信的，只是因為駝背才顯得比較矮！

「妳、妳是在做什麼！為什麼要這樣！」

聽青兒尖聲問道，乃村抬起頭。

此時，乃村終於跟青兒四目相交，但她的神情簡直像是被逼得無路可走的野獸。

「因、因為我不想殺人！所以我只能先自殺啊！」

她的心已經支離破碎，聲聲呼喊聽起來就像哀號。

「我至少要死在讓我們淪落到這種下場的人面前，濺他一身血，這也算是小小的報復。我本來是要去找那個叫篁的人。」
也就是說，她是看到青兒才放棄的，因為她覺得「死在這個人的面前也行」。
可是……
「那個，可是，我又不是執行人……」
「我知道。」
青兒忍不住「咦！」了一聲。
乃村的嘴角痙攣似地顫抖著。
「像、像你這種人怎麼可能殺人！你竟然叫其他人也去自首，還不是因為你自己跟凶殺案或警察都沒有關係，才說得出這種話！」
她歇斯底里的叫聲帶著痛苦的顫抖，彷彿死前的慘叫。
「可是，我真的有那麼壞嗎？只有我是壞人嗎？這世上根本沒有好人！既然如此，為什麼只有我得殺人？嫉妒別人不行嗎！我又沒有貶低別人、傷害別人！我跟那個女人不一樣，才沒說過別人的壞話！可是為什麼！」
青兒說不出話。
他想不到該說什麼。不過就算他說了什麼，或許也跟沒說一樣吧。
（可是，我無論如何都……）

乃村之所以放棄篁選擇青兒，一定是因為這樣。

青兒以前沒能阻止朋友自殺，所以現在看到她想自殺一定會阻止。她之所以自殺，是為了讓別人阻止她自殺……就像從前的豬子石。

「可是，那個人一定也不想死吧，就像現在的妳一樣。」

話一說完，青兒的臉頰就受到一陣衝擊。等到他發現自己挨了一記耳光，才開始感覺到痛。

「……你真的什麼都不懂呢。」

乃村不屑地說道，語氣中包含著憤怒和輕蔑。

——你一點都沒變。

就像豬子石對青兒說出這句話的神情。

「我看你根本連那個自殺的朋友都不了解。他健康受損、辭掉工作、沉迷賭博而到處借錢……明明不想見任何人，卻還是跑去找你這個童年玩伴，想也知道他當然是希望你鼓勵他回到家人身邊啊！」

青兒感覺被人重重地揍了一拳。

的確……豬子石的父母和祖父母都還在。雖然他一直抱怨「偶爾回去一趟，他們就問東問西的，煩死人了」，臉上卻是一副不好意思的表情。

他還有地方可以回去。

（啊啊，原來如此……所以他才會在最後跑來找我。）

如果青兒當初對豬子石說「一起回去看看吧」，或是至少試著勸他回故鄉，豬子石是不是就不會死了？

是不是因為他沒有這樣做，豬子石才把債務推給他？

而且他竟然花了一年時間才發現這些事。

（可是……豬子石也不了解我啊。）

對青兒來說，神奈川縣的那個海港小鎮已經沒有「可以回去的地方」。就是因為家人疏遠他、責罵他、嫌他麻煩，他才會逃到東京。

（結果我們對彼此來說，都跟陌生人一樣。）

可是，就算是這樣，他們還是朋友。

他們不了解彼此，是因為本來就非親非故，但也正是因為非親非故，所以才會在一起。

早知道就該問，早知道就該說。

事到如今，他能做的也只有悲嘆「我不希望他死」。

即使如此……

「……那就請妳不要死。」

話說出口以後，青兒才意識到自己的聲音像是在哭，不由得咬緊牙關。

「如果豬子石的朋友是妳而不是我，或許他就不會死了。所以，我覺得妳比我更應該活下去。妳既然這麼了解別人的心情，我希望妳不要忽視自己的心情。」

青兒用顫抖的聲音說著「拜託妳了」，低下頭去。

沉默籠罩兩人。

那是一段漫長的沉默。

不知何時，乃村已經坐在青兒面前，像小孩一樣抱著膝，呆呆看著他。沒有嘲諷、沒有責備、沒有發怒，只是一臉倦容。

「……其實我聽到你認罪的時候就知道了。」

乃村喃喃說著，她的表情既像笑又像哭。

「我也是不斷逃避，假裝自己還活著，而且我還假裝努力，連逃避這件事都想要逃避。所以，不管我再怎麼努力，結果還是等於捨棄自己。」

一字一字吐露的話語，如同一滴一滴落下的淚水。

但是……

「所以，我決定不死了，我選擇殺人。」

「啊？」

青兒還以為自己聽錯了，因為她講的話根本不連貫。

但青兒還來不及問，乃村就站起來說：

「我要回房間了。」

「等、等一下……」

她像是要甩掉青兒的呼喚似地加快腳步，走出通往三號車廂的門。

（她、她說要殺人，難道是……）

她要殺的是執行人嗎？還是篁？如果是篁的話，列車就會燒起來了。不對，更重要的是……

（如果她想殺的是其他人，譬如皓，或是鵜木小姐……）

一想到這裡，青兒就渾身發抖。

……必須阻止她。

不過青兒最依賴的皓至今仍被困在二〇二號房。話雖如此，他也不能眼睜睜看著鵜木陷入危險，所以現在必須先想辦法把這副手銬……

「嗚！好痛！」

青兒用力轉動手腕，立刻感到火燒般的痛楚，手腕可能磨破了。不過現在不是顧慮這種事的時候，他雖然哭喪著臉，還是死命地繼續拉扯。

「喔，你沒事啊，太好了。」

「咦咦！」

出現在眼前的竟然是皓。

接著鳥栖也出現了。他瞥了青兒一眼，就匆匆走向車廂門，前往三號車廂。難道他是要去找乃村嗎？

「你、你怎麼會在這裡……不，我更想問的是……」

他們兩人剛才是從後方的車廂門走來，不過，他們不是待在二〇二號房嗎？那應該是從前方出現才對啊。

「你、你們是在我昏過去的時候換了地方嗎？」

「不，我們去的『本來就是六〇一號房』。這點我等一下再慢慢解釋，現在……」

皓拿出一串很眼熟的鑰匙，應該是鳥栖交給他的。這副手銬是雙鑰匙孔的款式。

（他到底是怎麼弄到鑰匙的？不，更重要的是……）

得先處理乃村的事。

「喀」一聲，手銬解開了。青兒的手腕果然磨到破皮流血，但他無視手上的痛，立刻和皓走向車廂門。

他們在三號車廂的走道上看到剛從前方車廂走回來的篁，他在鳥栖的陪同下，迅速拿出萬能鑰匙打開門鎖。

那是三〇一號房——乃村的房間。

青兒有一種不祥的預感。這預感和緊張感壓得他幾乎喘不過氣。

喀啦一聲，房門打開了。

「……一模一樣呢。」

聽到皓喃喃地這麼說，青兒的心臟頓時開始狂跳。

一模一樣，門前又出現水漬。

沒錯，和伍堂消失的二〇一號房一樣。此外，房裡也一樣沒人。

「怎麼會……」

青兒呻吟似地說道，聲音還微微顫抖。

或許是恐懼使得體溫下降，青兒的牙關不停打顫。出現在眼前的現實讓他驚恐至極。

從結果看來，乃村從三〇一號房消失了。

又有一人消失。

*

自從懂事開始，他就承擔了餵食的工作。

他能留在這個家裡，想必只是為了這個理由，因為偶爾才回家一趟的繼父，默默放在桌上的錢通常只有飼料費。

在這貼著泛黃壁紙的房子裡，因為很少換燈管，所以連白天也很暗。快要壞掉的空調不時嗡嗡作響，聽起來像未知生物的咆哮，他每次聽見都會抬頭望向二樓。

二樓住著一隻怪物。

從小學放學回家的途中，他會去便利商店買餡料麵包和飯糰，然後把塑膠袋掛在二樓的門把上。這就是他的餵食工作。

但是，後來他沒辦法再去餵食了。

飼料費沒有了。那陣子繼父常常不回家，除了像是臨時起意而掛在大門上的超市袋子以外，根本無從得知他是死是活。

所以他奪走繼父準備的飼料，拿來自己享用。

從那時開始，他連起床都懶得起來，也不再去上學，幾乎一整天都呆呆地抱膝坐在家裡。漸漸地，他油膩膩的頭髮黏在脖子上，很久沒洗的T恤像是煮過一樣變了色。

到後來，他覺得自己變成二樓的怪物。

只有當他這麼想的時候，這個家才有他的生存空間。只要他能把自己想成靠著家人餵食而活下去的生物。

但是……有一天晚上，怪物從二樓走下來了。

那張長期沒洗的臉上附著了點點汙垢，黏著灰塵和皮脂的長髮蓬亂地披在過大的帽T上。

這時他想起自己的餵食工作。

他心想，會被殺掉。

他心想，會被吃掉。

所以……

「你會餓嗎？」

當怪物這麼問的時候，他默默地點頭。怪物回答「這樣啊」，就回到二樓。

只是這樣。

之後，他的哥哥就在二樓上吊了。

＊

還剩四個人。

不對，處刑的對象只有罪人，擔任偵探的皓不算在內，所以只剩三個人。

『到達終點站時，如果該處刑的罪人還有兩人以上活著，就是擔任偵探的皓大人獲勝。如果只有一個人活著，或是一個人都沒有，那就是皓大人輸了。以上規則還望您理解。』

青兒回想篁開出的獲勝條件。

除了青兒以外，被留聲機揭發罪狀的還有兩人，但其中一位是執行人，所以必須保護的對象實際上只有一人。

如果那個人死了，就表示皓輸了。

已經沒有退路。

（這到底是哪門子的遊戲啊？）

一個晚上死了這麼多人、消失了這麼多人，這算哪門子的比賽？

雖然這些都是該遭唾棄的罪人——包括青兒在內——而且認真說來，還提供了他們認錯贖罪的選項。

就算如此……這真不是人做的事，簡直是惡鬼的行徑。

正當青兒如此思考時，突然想到了。

（對於荊和皓來說，這是一場賭上性命的比賽，但是對荊的代理人來說，今晚的事究竟有什麼意義？）

就在此時……

「好，我該向你好好解釋了。」

皓的這句話把青兒拉回現實。

這裡是烏栖所住的二〇二號房。在那之後他們徹底調查乃村消失的三〇一號房，但是什麼線索都找不到。

在搜索的過程中，烏栖的健康狀況明顯變差了，所以他們才急忙把烏栖帶回來休息。話雖如此，這裡也沒有醫療用品。雖然勸烏栖至少躺下來，烏栖卻果斷地拒絕。

喝點水或許多少會有幫助，但烏栖認為有可能被下毒，連水都不想喝，所以他們真的已無計可施。

然後到了現在……

「剛才我們會跑去三〇一號房，是因為我讓鳥栖先生聽了你和乃村小姐的對話。」

皓如此說道。

「咦！所以你讓鳥栖先生知道這個東西的存在囉？」

青兒邊慌張問道，邊從懷裡取出小型無線電對講機。

沒錯，這就是皓用來對付結界的祕密武器。

在結界裡無法和外界聯繫，連手機都收不到訊號，不過無線電對講機的訊號比較弱，也不需要基地台，所以在結界內也可以使用。

因此青兒只要戴上耳骨夾造型的耳機，便能瞞過眾人耳目，偷偷聽取皓的指示。

『如果你醒來了，就看看窗外。』

青兒在圖書室醒來時聽見皓的聲音，就是這麼回事。但是，如果讓鳥栖知道了這點……

「那個……鳥栖先生真的可以信任嗎？」

畢竟他確確實實是個冒牌偵探，而且他不只誣賴青兒殺了人，還用一招裸絞讓青兒昏過去。此仇不報非君子啊。

「其實鳥栖先生是現任的刑警，而且隸屬於警視廳搜查一課。」

「……啥？」

呃，什麼？

等一下，這事實也太驚人了。

「你、你是在騙我吧？」

「不，這是真的。只是他現在沒有把警察手冊帶在身上……」

皓邊說邊從懷中取出一張名片。那是鳥栖先前給他的凜堂偵探事務所名片。

「這不是贋品，真的是棘的名片。棘的偵探事務所只接受熟人介紹的工作，所以能拿到名片的人很少，若非案件委託人，就是平時有合作關係的警方相關人士。」

原來如此。青兒點點頭。

這兩者之中，案件委託人的可能性比較低，因為棘對罪人毫無憐憫之心，如果有該下地獄的罪人以案件委託人的身分出現在他面前，他絕對不會放過那個人。這樣看來，比較有可能是棘把名片給了來找他幫忙的警方，之後名片又輾轉落到鳥栖的手上。

「最可靠的證據是，他用來扣你的手銬上有旭日標誌，那是貨真價實的警用手銬。其實我看到他施展出裸絞時就大概可以確定了。」

青兒忍不住轉頭望向倒在沙發上的鳥栖。

「那個，請問一下，鳥栖先生今年貴庚啊？」

「三十一歲。」

……他的外表未免太年輕，這根本是詐欺。

「可是，既然你不是執行人，為什麼要說自己是偵探呢？」

青兒接著問道。

「用偵探的身分更容易操縱乘客，所以我猜隱藏了身分的執行人，很有可能自稱是偵探……最可疑的你們也確實扮演了偵探的角色。」

鳥栖說到這裡就縮起身子劇烈地咳嗽。他的情況真的很不妙。

但青兒非說出這句話不可。

「我們不是執行人。」

「但我覺得能殺害伍堂先生的只有你……就算石塚先生不是你殺的。」

青兒訝異地眨眨眼。

「你覺得石塚先生不是我殺的嗎？」

看到青兒如此驚訝，鳥栖乾脆地點頭說：

「是啊，不是你殺的。從屍體來判斷，石塚先生的腦袋是被口徑更小的槍所打穿的，用那麼小的槍只有在零距離開槍才能把頭打穿……此外，如果你是凶手，被叫來凶案現場時還帶著凶器未免太不合理。照這樣看來，應該是某人為了讓你受到懷疑才故意用了槍。」

「那、那……會是誰呢？」
青兒問了以後才發現，根本連猜都不用猜，現在有凶手嫌疑的人只剩兩個，如果鳥栖不是執行人，剩下來的只有……
「……是鵜木小姐嗎？」
青兒顫聲問道，皓在一旁點頭回答：
「是的，就是鵜木小姐。其實我和鳥栖先生一看到石塚先生被殺的現場，就知道凶手是她了。」
「……啊？」
青兒露出錯愕的表情。
皓豎起食指，像在安撫理解能力薄弱的寵物一般，溫柔地說：
「首先是凶案現場六〇一號房裡找不到應有的血跡。」
青兒一面聽他解釋，一面回溯著記憶。
沒錯，當時石塚的右手被玻璃碎片割傷，所以從餐廳到六〇一號房的走廊上都留下了固定間距的血跡。
可是，凶案現場六〇一號房裡卻看不見血跡。門前的木質地板上沒有，裡面鋪地毯的地方也沒有，就連屍體所在的房間中央也看不到用手帕止血過的跡象。

「六〇一號房的地板應該像石塚先生走過的走道一樣留有一點一點的血跡，卻沒有看到，最有可能的解釋是凶手在石塚先生死後擦掉了地上的血跡。」

不過，皓又加上但書。

「但是，能把血跡擦得那麼乾淨，表示石塚先生『沒有走到地毯上』。也就是說，石塚先生進門以後，還來不及走到地毯上，就在木質地板的區域被殺死了。」

「咦？」

的確，鋪在房間裡的地毯是象牙色的，稍微有一點髒汙都會很顯眼。

如果石塚的手不斷滴血，還在地毯上走來走去，凶手絕不可能完全消除痕跡。所以說，凶手能擦掉血跡的範圍只有門邊的木質地板。但是……

「那、那石塚先生的屍體為什麼會放在那個位置？」

「是凶手在石塚先生死後搬過去的。也就是說，等他的傷口停止出血之後，凶手才把他的屍體拖到房間中央。」

啊？為什麼要這樣做？

「這是為了混淆行凶時間。如果血跡和遺體的位置保持原樣，別人一眼就能看出石塚先生是從餐廳回到六〇一號房之後就立刻被殺掉。不希望大家注意到這個時間點的人，在乘客之中只有一人。」

「咦？是誰……啊！」

青兒到這時也想到了。

發狂的石塚從餐廳跑出去，是在乃村陪鵜木回房間又回到餐廳之後的事。

也就是說，當時除了鵜木以外，所有人都在餐廳裡。用刪去法來看，唯一有嫌疑的人就是鵜木。但是……

「可、可是，鵜木小姐要怎麼進入石塚先生的房間呢？」

結果關鍵還是這點。

當時六〇一號房是上了鎖的密室，以常識來判斷，任何人都不可能闖入房間殺害石塚。

「啊，對了。她或許是躲在走廊上，等石塚先生開門時從背後偷襲……這樣嗎？」

「六號車廂的走廊上沒有地方可以躲人，而且鵜木小姐是標準體型的高中女生，就算是出其不意，要偷襲一個壯漢還是太危險。」

說得也是……除此之外，如果時間稍微拖得太久，也有可能被隨即追過來的鳥栖和皓看見。

「那她到底是怎麼做……」

「石塚先生回到六〇一號房的時候，鵜木小姐『已經埋伏在房間裡』。因為餐廳裡安裝了竊聽器，她很清楚石塚先生回來的時間，所以等石塚先生一進房間，她就用針筒偷襲石塚先生。」

「……啊？」

不對啊，這怎麼可能？

「等、等一下！六〇一號房的鑰匙不是在石塚先生身上嗎？鵜木小姐要怎麼事先埋伏在六〇一號房呢？」

「第一個線索是石塚先生外套口袋裡的鑰匙沒有沾到血跡。」

嗯，的確是這樣。石塚明明用滿是鮮血的手拿過六〇一號房的鑰匙，鑰匙卻沒留下半點痕跡。

「第二個線索是二〇一號房的鑰匙不見了。你還記得我們調查二〇一號房的時候，鑰匙是放在伍堂先生的外套口袋裡吧？」

「是啊，那時加賀沼先生把掛在衣櫃裡的外套丟在地上……啊啊！」

對了，他想起來了，後來鵜木把外套撿起來，掛回衣櫃裡。

「沒錯，鵜木小姐當時便拿走二〇一號房的鑰匙。大家開始搜索每個房間時，她確認了石塚先生把鑰匙放在口袋裡，接著她在休息室啟動煙霧機，趁大家亂成一團的時候偷偷摸了石塚先生的口袋，用二〇一號房的鑰匙換走六〇一號房的鑰匙……所以，加賀沼先生可說是被她順便殺掉的。」
「順、順便……」
青兒的腦袋裡頓時一片空白，但他還是努力揮去暈眩感。
「可、可是，石塚先生一定很快就會發現吧……因為牌子上寫了房間號碼啊。」
「刮掉就好了，反正絲帶顏色是一樣的。」
皓還是滿不在乎地說道。
「所以她沒有把二〇一號房的鑰匙放回原處。就算她沒對房號牌子動手腳，鑰匙也會因為石塚先生的手受傷而沾滿血跡……現在大概已經被丟進排水孔了吧。」
青兒突然想到一件事，插嘴問道：
「所以石塚先生回到六〇一號房的時候，口袋裡的鑰匙已經被換成二〇一號房的囉？那他根本開不了門吧。」
「虧你能注意到這一點，真不像你。」
皓邊說邊摸青兒的頭。
……唔，這種事青兒已經太習慣了，事到如今也懶得吐嘈。
「其實這也沒什麼，鵜木小姐只要在石塚先生開門的瞬間從內側開門就行了。」
原來如此。客房的門上有貓眼，鵜木可以從裡面看到石塚是什麼時候刷門卡的，只要同時把門鎖打開就好。

然後……

「……所以，凶手真的是鵜木小姐囉？」

青兒呻吟似地喃喃說著，皓靜靜地點頭說：

「嗯，就是這樣。所以鳥栖先生才會認為鵜木小姐和我們兩個都是執行人，因此他分別扣住我們兩個，再以安全為由，徹底檢查了鵜木小姐的房間和行李，可是什麼都沒找到。」

原來是這樣，想必她已經把手槍之類的東西處理掉了。

此時青兒才想到：

「那、那個，鵜木小姐現在在哪裡？」

「在六〇二號房。鳥栖先生要趕去乃村小姐的房間之前，先去鵜木小姐的房門外，用椅子卡住門把，所以她是出不來的。」

……這樣啊，原來她已經被關住了。

可是鵜木不像皓一直被鳥栖監視著，也不像青兒一直被銬住，她被關起來以前還是有可能從六〇二號房跑出來。

所以，乃村說不定已經被鵜木……

「關於這一點。」

皓難得變得欲言又止。

「送乃村小姐和鵜木小姐回房間後，我們兩人假裝要去二〇二號房談話，其實躲在六〇一號房監視走道上的動靜，鵜木小姐如果要走到前面的車廂，一定會先經過六〇一號房。」

青兒明白了。這樣啊，難怪剛剛在圖書室的時候看到他們從後面的車廂走來。

皓歪著頭說：

「可是我們一次都沒看到鵜木小姐從門外經過，也就是說，直到乃村小姐在三〇一號房消失，鵜木小姐都沒有離開過六號車廂。」

青兒沒辦法說出「怎麼可能」，因為皓和鳥栖兩個人一起監視她，這就是最可靠的不在場證明。

「此外，伍堂先生在二〇一號房消失時，鵜木小姐也一直待在餐廳裡，所以這兩樁失蹤案她都有不在場證明。」

皓皺著眉頭盤起雙臂。

「可是這麼一來又回到原點。伍堂先生和乃村小姐為什麼會消失？如果是執行人做的，是用什麼方法讓這兩個人消失？」

沒錯，問題就在這裡。

如果沒有搞清楚這件事，搞不好連鳥栖都會突然從他們的眼前消失。為了阻止這種事發生……

「那個，鳥栖先生，你要不要快點把篁找來，向他自首……」

「……我不會這樣做的。再說，就算做了也不能保證我會平安離開。」

這樣說也沒錯啦。

「可、可是，現在應該想辦法提高活下來的可能性。」

「不，老實說，如果只有我一個人孤軍奮戰，我本來沒有打算活著回去，差不多準備要死了。」

「咦？」

他看起來不像是自暴自棄的樣子，但平淡的聲音裡帶有一種令人無法忽視的真實性。

這時，青兒想起鳥栖說過的話。

『大概吧，我已經決定好要活多久了。』

或許他當時那句話並不是在開玩笑。

「為、為什麼？」

「……我哥哥死的時候是三十一歲。」

聲音虛弱無力。鳥栖光是呼氣、吸氣聽起來都很痛苦。或許是因為發燒，他似乎快要意識不清了。

青兒默默盤算著，既然鳥栖的情況這麼糟，乾脆硬給他灌水，或是用皮帶把他綁在床上。

「……所以你就是第六個罪人吧？」

皓盯著鳥栖問道，鳥栖微微地點頭。

（呃……第六個人是……）

青兒還在尋思，皓已經從懷裡拿出筆記本，用鋼筆寫了起來。那是留聲機提到的罪狀和乘客清單。

因邪念而侵占了鉅款：油坊主——伍堂研司。
殺死孕婦、奪走她的孩子：夜啼石——加賀沼敦史。
在暴風雨的夜晚淹死妻子：洗豆妖——石塚文武。
因嫉妒而置人於死地。
因告密而害死別人。
奪走哥哥的人生：狐者異——鳥栖二三彥。

拋棄朋友的屍骸任其腐壞：以津真天——遠野青兒。

還有兩條罪狀沒有附註人名。

乃村的罪狀應該就是「因嫉妒而置人於死地」吧。

『嫉妒別人不行嗎！』

青兒的耳中又響起乃村激昂的喊叫，那憤恨和埋怨的聲音充滿對周圍人們的負面情感。話雖如此，其實她比誰都更渴望得到幫助。

皓沒理會咬住下唇的青兒，又把筆記本拿回來，繼續寫道：

因邪念而侵占了鉅款：油坊主——伍堂研司。

殺死孕婦、奪走她的孩子：夜啼石——加賀沼敦史。

在暴風雨的夜晚淹死妻子：洗豆妖——石塚文武。

因嫉妒而置人於死地：反枕——乃村汐里。

因告密而害死別人。

奪走哥哥的人生：狐者異——鳥栖二三彥。

拋棄朋友的屍骸任其腐壞：以津真天——遠野青兒。

用刪去法來看，鵺木小姐就是……

因告密而害死別人：精螻蛄——鵺木真生。

唔……這麼一來所有乘客的罪狀都弄清楚了。但是，青兒注意到其中有一隻不認識的妖怪。

「呃，這個『狐者異』是……」

「那是江戶時代的怪譚集《繪本百物語》提過的妖怪。生前搶奪別人食物的人，死後就變成這個模樣。牠會潛入店鋪，翻人家的垃圾，但還是持續不停地受到飢餓折磨。」

「這、這還真是普通的惡作劇……」

更令他在意的是……這樣太痛苦了。

青兒不太明白這是怎樣的罪，但「狐者異」這種妖怪如果死後還是繼續受苦，那麼鳥栖現在或許也處在某種痛苦的漩渦中。

『不，老實說，如果只有我一個人孤軍奮戰，我本來沒有打算活著回去，差不多準備要死了。』

他會說出這句話，恐怕就是這份痛苦造成的。

（不對，不只是「狐者異」……）

「油坊主」成了亡魂之後還是繼續為自己的罪行懊悔，不斷說著「把油還回去、把油還回去」。「夜啼石」也附著了被盜賊殺死的母親的怨念。

（此外，「洗豆妖」是淹死在河裡的怨靈，「反枕」是被搶劫又慘遭殺害的旅行者……奇怪？）

青兒感到有些不對勁。他彷彿快要發現一件很嚴重的事。

仔細想想……

先前也有過相同的異樣感，好像有一種似曾相識的感覺在刺激他的記憶。

（啊，對了。是在伍堂先生的房間……）

就是在看到伍堂房門前那灘水漬的時候。青兒覺得自己似乎看過類似的場景。

（對……人消失……然後，水……）

緊接著——

青兒心想「不會吧」，想到了那個可能性。他頓時感到室溫降低，指尖發冷，全身開始打顫。

他想要否認但又做不到，原本散落在腦海各處的片段資訊像拼圖一樣逐漸對上，嵌在一起。

最終形成一個答案。

「……那個，皓。」

青兒想要叫皓卻發不出聲音。他艱澀地吞嚥著口水，勉強移動彷彿結凍的舌頭。

「那個，不好意思……我知道讓伍堂先生消失的凶手是誰了。」

「喔？到底是誰？」

「說不定就是『我』。」

「……啊？」

皓露出青兒從未見過的表情，只能用呆若木雞來形容。

他像在轉移焦點似地乾咳一聲。

「你先冷靜下來，從頭開始說明吧。」

在皓的安撫下，青兒劈里啪啦地說了起來，好不容易說完以後，皓似乎也得出相同的結論。

「……喔喔，原來如此。」

皓喃喃說著，慢慢舉起手掩住嘴。

「啊啊，所以這班列車真的跟《銀河鐵道之夜》一樣呢。」

皓夢囈似地說著，然後……

「咚」一聲，烏栖從沙發上滑落，毫無防備地摔在地上，完全像一具屍體。

「你、你沒事吧？」

青兒急忙衝過去抓住烏栖的肩膀，卻嚇了一大跳。

明明隔著這麼厚的衣服，他還是能感覺到烏栖的身體熱得嚇人，那滿是大汗的身體熱度傳到青兒的手上。這樣的症狀……真的只是感冒嗎？

一股不祥的預感和惡寒同時爬上青兒的背脊。

「……果然不是普通的感冒。」

皓彷彿看穿青兒的想法，喃喃說著。

他靜靜地起身，毫不猶豫地走向浴室，把烏栖丟在身後。

「呃，那個，等等……」

青兒正想叫住他的時候……

一個聲音響起。

是電話鈴聲。那不吉利的聲響撼動了凍結的空氣。

（到底是誰？）

青兒戰戰兢兢地靠近電話，看見上面顯示的號碼，不禁嚇得屏息。

六〇二號房——是鵜木。

『晚安。』

他接起電話，切換成免持聽筒模式，隨即聽到愉快的聲音。

那確實是鵜木的聲音，但是和她原先的形象截然不同。

話雖如此，但那既非冷酷，也非無情，好像只是微笑著發出細語……對了，就像荊一樣。

『鳥栖先生的情況怎麼樣？他吃下毒藥已經很久了，差不多該發作了吧。』

「毒藥……」

青兒喃喃地複誦這個詞彙。

『是蓖麻毒素。晚餐之後要喝咖啡時，我把鳥栖先生的糖粉換成有毒的。』

青兒頓時感到無法呼吸。

一陣寒意爬過青兒的背部。他想到晚餐開始前發生的事。

——我想要坐在西條的對面，可以嗎？

沒錯，皓對面的座位就在「鳥栖的旁邊」。原來鵜木要求和青兒換位置，是為了毒殺鳥栖。

『所以你把鳥栖先生的糖包弄掉時，我真的很緊張，不過他既然已經出現中毒症狀，可見確實吃下去了。』

「妳、妳說的症狀是……」

『劇烈咳嗽、發燒、關節疼痛……和感冒的症狀很像，所以烏栖先生應該沒有發現。可是，他體內的肝臟、腎臟、胰臟都會慢慢失去功能。』

青兒覺得像是挨了一拳，腦袋一片空白。

彷彿有隻手掐住他的喉嚨，壓迫他的氣管。

這麼說來……雖然烏栖怎麼看都只像是感冒，但其實他已經快要死了嗎？

（要、要幫他解毒才行……）

鵜木似乎看穿青兒的想法，嗤嗤笑著說：

『很可惜，烏栖先生死定了。蓖麻毒素沒有解毒劑，雖然有疫苗，但只能做為預防，一定要事先施打才行。也就是說，事後再打疫苗也沒有救。』

青兒說不出「怎麼會」。

如果鵜木所說都是真的，那烏栖從飯後喝下咖啡的那時起，就已經開始慢慢死去，而且現在真的快要死了。

皓不知何時走到青兒身邊，拿起話筒。

「……還很難說吧。」

沒有怒火，也沒有氣憤，他用缺乏抑揚頓挫的語氣如此說道。

「蓖麻毒素的致死性極高，但藥效非常慢，就算直接注射到體內，也要三十六至七十二小時才會死。也就是說，這班列車到達終點站之前，鳥栖先生死亡的可能性很低。」

『嗯，沒錯，你知道得很多嘛。』

「到達終點站時，該處刑的罪人還有兩人以上存活──這是偵探獲勝的條件。既然如此，只要鳥栖先生還活著，我們就贏了。」

聽到皓這句話，鵺木用含笑的語氣說：

『你的假設條件根本是錯的。』

她如此宣稱。

『今晚搭上這班列車的七個罪人中，有五個人「打從一開始就死了」。所以能夠滿足勝利條件的「生還者」，其實只有身為執行人的我和遠野青兒這兩人。如果我們兩人之中有一個死掉，偵探就輸了。』

恐懼使青兒心跳加速。

在他胸中翻騰的預感逐漸變成確信。他剛才想的果然沒錯。伍堂研司、鳥栖二三彥、乃村汐里、石塚文武、加賀沼敦史，這五位乘客都……

『沒錯，其他所有人都是為了今晚這班列車而復活的死者。』

執行人少女的聲音像是在微笑，就像白髮鬼一樣。

說不定她真的笑了。

＊

列車繼續在深夜裡奔馳。

叩咚、叩咚，車輪的震動聲聽起來像心跳聲。這聲音已經引不起任何人的注意，但還是持續不停響起。

時間是凌晨五點，距離天亮還有一個小時。

此時車窗突然變亮，從外面照射進來的白光照亮前方那人的身影。

是鵜木。

他們似乎正經過某個車站，但還來不及看清楚站名，車窗外又再次被黑暗吞噬。霧氣已經散去，外面的世界仍是夜晚。

「我真的很感謝你們讓我離開房間。其實被關起來對我還比較好，但我總覺得不太滿足，畢竟距離天亮還有一些時間。」

她囁嚅似地說道。

此處是地毯上仍殘留紅酒痕跡的餐廳。隔著一張純白桌子，鵜木和青兒他們兩人面對面而坐，像是一群起得太早的旅客正等著吃早餐。

「呵呵～」她微笑了。「為了小心起見，我先提醒你們，可別想要把我綁起來，因為這是今晚的規矩——山本和神野雙方不可以直接加害對方。如果你們想要靠蠻力制伏我，就算是違規行為。」

「真不愧是荊的代理人，這場比賽根本和詐欺沒兩樣，虧妳還有辦法說得臉不紅氣不喘。」

聽到皓如此辛辣的發言，鵜木的笑意卻更深了。她把手按在手機殼上，那是尺寸頗大的手帳樣式。

「對了，西條先生，你們是何時發現的？」

「先發現的人不是我，而是青兒。線索是照妖鏡之眼看到的妖怪：油坊主、狐者異、反枕、洗豆妖、夜啼石，這些都是『人死後變成的』妖怪，共通點就是這些人全都死過一次。」

沒錯，就是這樣。

偷油的僧人在病死後變成「油坊主」。

搶奪別人食物的人在死後變成「狐者異」。

遭人搶劫殺害的旅行者在死後變成「反枕」。

「洗豆妖」的真實身分據說是落在水裡淹死的人。

「夜啼石」附著了死於盜賊刀下之人的怨念。

每一隻妖怪都是來自因生病、意外、謀殺而失去性命的人。如果這些妖怪的形象反應罪人本身的情況，那他們應該全都死過一次。

令青兒注意到這一點的契機則是……

「四個月前，我們在長崎的孤島上看過類似景象。我那位藉著回魂術而復活的哥哥緋花，化為一灘水消失了。」

青兒也聽說過能把屍骸復原成活人的咒術。利用平安時代流傳下來的祕術，可以把化為白骨的死者屍骸恢復成生前的軀體。

可是這種祕術有一項禁忌，只要做了這件事，施術者及被施術者都會化為烏有——那就是對死者說出他的名字。

緋花出現在從前的弟弟皓的面前時，記憶已經被竄改過，所以他以為自己的名字是「緋」。

同樣的事情又在今晚這班列車再度上演。

「那五位乘客或許全都被竄改了記憶，並且換了和本名不同的名字，因為使用假名就不會有觸犯禁忌的危險。但青兒和伍堂先生剛好是舊識，所以……」

皓沒有繼續說下去，但事實並不會因此改變。伍堂是被青兒叫出了名字，才化為一灘水消失。

『五嶋青司先生！』

伍堂被青兒叫出名字之後就離開餐廳。

他的身體發生變異，大概是在回到二〇一號房之後。伍堂發現自己的身體從手指開始變透明，嚇得大叫，為了求助而衝向房門。

但是……

『伍堂先生！你怎麼了！』

青兒聽到慘叫聲、跑過去敲門時，伍堂已經化為一灘水。也就是說，門前那灘水漬就是伍堂變成的。

青兒突然有一種想吐的衝動，胃裡劇烈地翻攪。

與其說是罪惡感，更該說是恐懼，因為他在不知不覺間讓一個人變成水，這跟殺死一個人沒啥兩樣。

皓在青兒的背上拍了兩下。那隻手很溫暖，如同和他分享了體溫。然後皓又轉頭望向鵜木。

「這班列車就像是《銀河鐵道之夜》。」

他像是說著獨白。

「在宮澤賢治寫的這篇童話故事裡，除了主角喬凡尼之外的乘客全是死者。譬如因船難而死的一對姊弟和家庭教師，還有為了救朋友而淹死在河裡的坎帕奈拉。」

這樣啊。青兒點點頭。

原來那兩人沒有繼續旅行下去。

但是……

就算他們不能一起遊遍各地，但還是曾共享過一段時光，就像共乘一班列車。雖然那只是一場短暫的夢。

此時皓瞇細了眼睛，眼神如利刃一般。

「伍堂先生消失的事對妳來說雖是意外，但也是幸運的事，因為這件事讓鳥栖先生開始懷疑青兒。接著妳想到可以利用事先放在車上的煙霧機和唱片機，引發後面的一連串事件。」

青兒聽到這句話，背上立刻竄過一陣寒意。

（難道鵜木小姐做那些事都是臨時起意的？）

有這種可能嗎？是，確實有可能，因為她是凜堂荊的代理人。

青兒張開顫抖而發青的嘴唇。

「那乃村小姐……」

「是啊，是我讓她消失的。她和你分開回到三〇一號房之後，我就打了內線電話給她。話雖如此，其實我只是和你一樣叫出對方的本名。」

青兒說不出話了。

就在此時——

「……但我真想不通。」

皓按著下巴說道。

「偵探獲勝的條件是到達終點站時，該處刑的罪人還有兩人以上存活，所以妳和青兒以外的五個人都不包含在生還者之內，這點我可以理解。雖然這只是用詭辯來混淆你們的詐欺行徑。」

他繼續說著「但是」。

「但是，既然其他五個乘客無論是死是活都無關緊要，那妳對他們處刑又是為了什麼？」

被皓這麼一問，鵺木像在獨白似地說：

「因為我不能原諒他們，無論如何都不能原諒他們藉著死亡來逃避自己的罪，所以才拜託荊先生讓我當執行人。」

她的語氣很平靜，甚至顯得平淡，但感覺得出其中隱含著沸騰的怒氣。

皓再次提出反駁：

「可是他們所有人都已經死過一次，大概是因為生病或意外吧。難道妳不覺得那時他們已經得到報應——已經受到懲罰了嗎？」

「嗯，確實如此。因果報應、自作自受……他們每個人都很不幸。」

鵜木如歌唱一般開始解釋。

大致上是這樣的：

帶著鉅款逃走的伍堂，來不及遠走高飛逃到國外就病死了。

把哥哥餓到瀕死、逼得哥哥自殺的鳥栖，選擇在哥哥的忌日自殺。

石塚在颱風夜裡把正在協議離婚的妻子推到河裡把她淹死，之後開始成天酗酒，結果自己也在爛醉中掉進河裡淹死。

「或許他是被《舒伯特搖籃曲》吸引了吧。我是從刑警久保正行那裡聽來的，石塚先生懷孕中的妻子很喜歡哼這首曲子。石塚先生先生懷疑妻子出軌，但妻子想要離開他其實是為了肚子裡的孩子著想，因為她不希望孩子將來也遭受丈夫的言語暴力。」

這一樁又一樁的悲劇讓青兒聽得腦袋發昏。

『我差不多準備要死了。』

鳥栖那句話果然是認真的。至於石塚為了逃避殺妻的事實而開始酗酒，最後落得和妻子同樣的死法，這跟自殺也差不了多少。

「乃村小姐嫉妒的同事死掉的事被當成不幸的意外事件，她並沒有被警察逮捕，但還是沒辦法繼續留下來，後來就辭掉工作回故鄉。可是，她或許覺得沒臉見家人，所以到處住在網咖，最後是被強盜殺死的。」

青兒感覺腦袋像是遭到重擊。

『他健康受損、辭掉工作、沉迷賭博而到處借錢……明明不想見任何人，卻還是跑去找你這個童年玩伴，想也知道他當然是希望你鼓勵他回到家人身邊啊。』

原來乃村那段話也是在敘述她自己的心情。她犯下殺人罪，丟掉工作，根本沒臉回去見家人，但還是想要回家。

她還是希望能有個人在背後推著她往前走。

「加賀沼先生在二十歲時跟人起了衝突，後來因傷害致死罪入獄服刑。其實他在國中的時候也曾在路上行搶，導致一位孕婦摔倒變成植物人，那件事因為證據不足而沒有遭到起訴，但他一出獄就立刻被一心復仇的受害者家屬殺死了。」

青兒還來不及說「不會吧」，就先想到「夜啼石」的傳說也是嬰兒長大之後為母親復仇的故事。

『如果是被我殺死的人，就算我死了對方也不會放過我。這不是道歉就能解決的問題。』

所以他真的說對了，他就算死了都得不到原諒。

太悲慘了。

每一個人的情況都太悲慘。就算那是罪人應得的下場，但是……

「妳覺得他們就算慘死還是不夠，所以才要擔任執行人去懲罰他們。但是，他們犯下的罪真的有那麼嚴重嗎？」

即使皓這樣問，鵜木臉上的微笑還是沒有消失。

「誰能衡量罪行的輕重？殺人、縱火、強盜確實是重罪，但如果是情節比較輕微的罪行的犧牲者想要殺死加害者，難道你要叫他們別這麼計較嗎？無論罪行是輕還是重，犧牲者的悲哀和怨恨都是一樣的，那不是他人可以衡量。」

鵜木的視線轉向青兒。

「正如加賀沼先生所說，你之所以願意自首，只是因為你犯的罪比較輕吧。但是，去領取豬子石遺體的家屬很遺憾他沒有早點回去，還哭著說：『你連死了以後都是一個人孤零零的。』」

青兒頓時感到無法呼吸。他應該要早點發現，因為豬子石還有可以回去的地方，還有等待他回去的家人。

對豬子石的家屬來說，青兒做的事鐵定是重罪。

「啊……」

他什麼都說不出來。

鵺木的視線又移回皓的身上。

「對好人來說，真正的幸福是讓世上的壞人全都消失。荊先生因此把力量借給我，他實現了我想把更多妖怪打入地獄的心願，讓我去懲罰罪人。」

聞言，皓思考了一下，呼地吐出一口氣。

「喔，原來如此，我終於懂了。我知道妳的罪為什麼是『精螻蛄』。」

他邊說邊直視著鵺木。

「『精螻蛄』是《畫圖百鬼夜行》提到的妖怪，和道教的『三尸』很類似。三尸又稱為三尸蟲，人若是在庚申夜睡著，三尸蟲就會從人的體內爬出來，去向天帝報告宿主犯過的所有罪行，而天帝便會根據罪狀來懲罰這個人。」

青兒聽到這番話，立刻聯想到其他事。

把罪狀告訴審判者——如果所謂的審判者，指的是皓和荊這些在人世的鬼，那簡直是……

「妳就是利用那雙眼睛揭露了罪人的罪狀，讓荊把他們打入地獄吧——用妳那雙和青兒一樣的照妖鏡之眼。」

青兒愕然屏息。

鵜木輕輕地點頭。

「是的，正如你所說，我和遠野先生一樣，都是『地獄代客服務』的助手。」

*

她一直深信自己站在正義的一方。

就像父親一樣。

警察這個頭銜不只是父親的身分，更是他的人生。

全心投入工作的父親總是在獨生女真生睡著之後才回家，他跟家人相處的時間很少，教學觀摩和運動會就不用說了，他甚至從來沒有跟家人一起旅行過。

父親若是看到真生做了壞事，無論情節再怎麼輕微，都會嚴厲地予以斥責。父親是個善惡分明的人，絕不會因為她年紀還小就有所寬貸。

——我想要和父親一樣。

從小就擁有照妖鏡之眼的真生，相信人只要做了壞事，就會變成「某種非人的東西」，而懲治這些東西就是警察的任務。

但是……

——真生和爸爸一樣有正義感呢。

——不愧是警察的女兒，個性很正直。

每當周遭的大人這樣誇獎真生時，母親都會很不高興。她雖然當場表現得和顏悅色，但是一回到家裡和真生獨處時，就會不屑地說「妳跟他才不像」。

後來真生想要學習合氣道，母親拚命地反對，被父親喝斥了以後，她只是不悅地閉口不語，後來就離家出走。

——當什麼都好，就是不要當警察。

這是母親的口頭禪。每次提起這件事，她都會很生氣地抱怨，說當警察的妻子是多麼可憐，不理解這一點的真生又是多麼忘恩負義。

——真不想和母親一樣。

母親在真生國中三年級的冬天活活地被燒死了。

最根本的原因是母親搞外遇。母親離家出走之後跑去找外遇的對象，他們似乎把貼了隔熱紙的廂型車當成旅館。

停在路邊的車子燒了起來，裡面好像有人——消防隊接到這樣的消息趕來時，車裡正冒著熊熊火焰。

他們可能是為了開暖氣而讓引擎保持發動，眼看就要因汽車廢氣而導致一氧化碳中毒，後來卻有人在車裡潑了汽油。

母親的外遇對象在昏迷中被燒死了，母親的遺體卻顯露出想要逃走的跡象，她的一隻手伸向打開的車門，可能是試圖爬出車外時死去的。

真生的父親在十天之後被逮捕。

真生知道，他們抓錯人了，因為父親在她眼中依舊是人類的模樣。但父親承認了殺妻之罪，而且在警方還沒調查清楚之前就死去。他是死於自殺。

媒體熱烈報導了這件案子，真生住進爺爺家以後，每天門鈴都響個不停。她的爺爺以前也是警察，這令世人非常不諒解。

他們收到匿名的威脅信，接到不顯示號碼的惡作劇電話，信箱和大門被人寫上「殺人公務員」，光是出門倒垃圾都會被鄰居吐口水。

養在院子裡的柴犬「大福」被闖進來看熱鬧的人踢了一腳，後來牠光是看到路過的人都會害怕地狂吠。

在那以後，大福就和真生一起住在遮雨木窗緊閉的二樓房間。大福已經是老狗，因為沒辦法再出去散步，不到半年就死了。

爺爺原本就有宿疾，在壓力之下又更加惡化，其他親戚看不下去，就把真生趕出去。他們當面罵真生是「瘟神」，爺爺也只能含淚向她道歉說「對不起」。

——都是因為那傢伙殺了人。

真生在心底喃喃說著「不是的」。

——都是因為這世間的罪惡。

但是，真生已經不可能當上警察，她永遠無法「逮捕」那些橫行世間的妖怪。她僅剩的選擇只有「逃避」，別開眼不看那些妖怪——再不然就是「殺掉」。

後來真生被母親那邊的親戚領養，改了姓氏，也靠著他們的援助讀了函授制的高中，但她對任何事都提不起勁。不知不覺間，真生開始在澀谷和新宿之類的鬧區遊蕩，日復一日地找尋妖怪，找到以後就靠著跟蹤或埋伏查出他們的住家和工作地點，並蒐集他們的個人資料。很快地，她蒐集到的名單已將近一百人。

——這世界根本就像百鬼夜行。

但是就算有了這份名單，她也不能做什麼。她會想像自己毆打或拿刀刺殺那些人，但每次衝動地準備執行時，就會想起爺爺向她說「對不起」的模樣，所以最後還是忍住了。

殺死壞人真的是壞事嗎？

如果她這麼做了，父親或許會罵她，爺爺或許會向她道歉說「對不起」，但是，就是這個邪惡到令人絕望的世界踐踏了他們兩人的正義。

既然如此……乾脆讓所有人都下地獄吧。

——拜託誰來懲罰這些人。

基於怨恨、憤怒、憎恨，真生在部落格上公開那份妖怪名單，可是她得到的全是惡意、批評、嘲笑，這讓她不得不一再地刪文和關站。

——拜託，誰……誰來懲罰這些人……

不管是誰都好，就算不是人也無所謂。

然後，她終於等到了。

「我可以實現妳的心願，但是妳要把眼睛借給我。」

出現在她面前的白髮鬼說道，幫她懲罰了近百名罪人。除了已死的五人以外。

只要擔任他的助手，真生就能待在正義的一方。

真生已經不渴望當警察。

她想要成為凜堂荊。

＊

肩膀上綻放著白牡丹的西條說「我早就開始懷疑了」。他隔著純白的桌子和真生面對面。

「仔細想想，發生在長崎孤島上的那件事也是基於『事件相關人士被照妖鏡之眼看到的形象』而制定的犯罪計畫。換句話說，荊的身邊一定也有人擁有照妖鏡之眼。」

說到這裡，他像是回憶似地瞇起眼睛。

「我以前曾想過，那人會不會是藺花小姐呢？不過荊說的話若是真的，他們當時應該還不認識。」

「那種人怎麼能擔任助手。」

真生的語氣變得尖銳。

擁有照妖鏡之眼的第三人——淺香藺花。真生雖然不認識她，卻聽過她濫用眼睛的能力去勒索別人的事，而且她還在荊去找她的當晚自殺了。

她只不過是另一個藉著死亡來逃避刑罰的罪人。

「她向罪人們勒索巨額金錢，妳則是強迫罪人參加賭命的遊戲，妳跟她又有什麼不一樣？」

西條用歌唱般的動聽語調問道。

真生差點忍不住怒吼，只能先停頓片刻，讓自己平靜下來。她覺得自己很愚蠢，根本沒必要和對方討論這些事。

只需要讓這一切都結束就好。

「……我跟你沒什麼好說的了。」

真生邊說邊拿起放在手邊的手機，拆掉手帳型的外殼，露出裡面的東西。

她把可動式的握柄往下拉，露出裡面的扳機，手機頓時變成一把手槍。

那是幾年前在美國發售的手機型手槍，上面還有偽造的鏡頭，所以從外觀根本看不出破綻，再包上手帳型的外殼就更難以看穿了。

「原來如此，那就是打穿石塚先生腦袋的槍吧，難怪連鳥栖先生都沒發現。」

西條露出敬佩的表情，真生默默把槍指著自己的太陽穴。

她並不清楚荊借給她的這把手槍的性能和構造，只知道扣下扳機會射出子彈——只要知道這點就夠了。

「……妳果然打算在天亮之前自殺。」

西條嘆著氣說道。不過現在說這些已經太晚。

「你自己也說過，到達終點站時，該處刑的罪人還有兩人以上存活——這是偵探獲勝的條件。既然只有我和遠野先生兩人還活著，那我一旦自殺，你們就輸了。」

沒錯，這才是荊的計畫。

荊這一方從一開始就說明了規則，西條一方若是答應，就算規則再怎麼不公平，比賽還是算數。

約定好的事情絕對要遵守，就像《長谷雄草紙》的主角賭上自己的一切和朱雀門的鬼比賽雙六棋一樣。

「也就是說，妳捨棄性命只是為了讓荊贏得今晚的比賽……是這樣嗎？」

「是啊，我一開始就是和荊先生這樣約定的。他實現了我的心願，幫我懲罰一百個罪人，而報酬就是我自己。」

荊確實幫她實現了心願，除了還沒受到地獄審判就因意外或自殺而死的五人以外。希望在最後懲罰那五人的也是真生自己。她想要親手結束百鬼夜行。

「……原來如此，我明白了。」

西條喃喃說著，靜靜閉起眼睛。他身穿白衣，再閉上眼睛，看起來簡直像是真正的屍體。

（……咦？）

真生的視線突然被某樣東西吸引。

西條被黑髮蓋著的耳朵閃爍著銀色的光輝，那難道是……

「我已經明白妳做的事有多麼愚蠢。」

真生忍不住「咦？」了一聲。

她不知道西條這句話是什麼意思。只是不服輸嗎？可是有一種無法忽視的預感令她忍不住打顫，彷彿正面對比怪物更可怕的東西。

此時她才想起，現在眼前這位穿著喪服的少年也是來自地獄的鬼。

西條慢慢睜開眼睛。

然後，那雙比黑夜更暗的雙眸緊盯著真生。

「那麼，就請妳下地獄吧。」

那張白皙的鬼臉笑道。

＊

「妳剛才說的話有幾點矛盾。」

聽到這個聲音的瞬間，真生感到背脊發涼。

身穿喪服的少年，臉上還是一樣掛著高深莫測的微笑。

但真生已經不需要再擔心害怕，反正只要扣下扳機，一切都結束了。但是……

「對好人來說，真正的幸福就是讓世上的壞人全都消失——這是妳的信念吧。但是，這句話根本是謊言。妳不是在騙別人，而是在騙妳自己。」

真生「咦」了一聲。西條不予理會，又淡淡地說道：

「那是相信世間有正義和善良的人才該說的話，但妳根本不相信這些，因為在妳眼中，這世間有的只是把妳爺爺和愛犬貼上『凶手家屬』的標籤，不斷貶低、嘲笑、譴責、傷害你們的人。」

真生感覺被戳中了痛處。

沒錯，對她爺爺吐口水、踢了他們家大福的都不是妖怪，而是普通人類。就算他們每一個人都不足以稱為罪人，但這些無數的小小惡意聚集起來也是能殺人。這就是世人。

「那些人口中的正義，只是用來掩飾惡意的面具。他們的心底對別人充滿憤怒，不滿、氣憤、焦躁、孤獨——這些累積在心中的負面情感只想找發洩的對象，因此他們才會把矛頭指向你們這些『凶手家屬』。對妳來說，世人就是這個樣子。」

西條繼續說下去。

「可是，不相信人心有正義的妳卻為了讓世人得到真正的幸福而持續地懲罰罪人，這不是很矛盾嗎？可見妳懲罰罪人其實是為了其他理由。」

他露出天真無邪的笑容，但這樣更叫人心驚。漆黑的雙眸陰暗又深沉，像黑夜一般沒有邊際。

「最令我在意的是，妳父親承認了殺妻的罪行，但直到最後還是保持著人類的模樣。如果照妖鏡的力量可信，那妳父親應該是冤枉的。」

真生心想，現在還說這個做什麼？根本沒必要提這件事。

「既然如此，妳父親究竟為什麼要自殺？妳知道理由嗎？」

真生意外地「咦」了一聲。

她吸氣，又吐氣，好不容易才想到一個像樣的理由。

「那是因為……一定是警方對我父親嚴刑逼供。」

「那妳為什麼沒有去找出用不人道手段壓迫妳父親的『凶手』呢？」

「呃……」

「話說回來，如果妳父親是冤枉的，必定有一個殺害妳母親和她外遇對象的『真凶』。那個人讓妳父親蒙上不白之冤，還悠哉地逍遙法外，難道妳不會想要找出那個人嗎？」

真生覺得周遭空氣突然扭曲。

帶有不祥味道的唾液在舌頭上擴散，聞起來、嘗起來都像是鐵鏽……不對，那是血。她似乎在不知不覺間咬破嘴唇。

（快點……我得快點扣下扳機。）

但她的手指彷彿麻痺了，動彈不得，如同被蛇盯上的青蛙。

「這不是很奇怪嗎？妳的正義感和行動力比誰都強，應該會去找尋凶手才對，但卻一直放著真凶不管。這是為什麼呢？」

真生聽見自己咬緊牙關的聲音。不安和恐懼幾乎令她窒息。

但西條對她露出微笑。

「線索就是妳在晚餐時給我看過的照片。妳是為了不讓我注意到鳥栖先生的糖包被換成毒藥，才刻意讓我看照片吧，不過，這正是妳犯的錯。」

真生不明白他這番話是什麼意思。

當時她讓西條看的是大福趴在窗邊床上打哈欠的照片。她在父母過世以後住在爺爺家二樓時的照片。可是，裡面不可能有跟這些事相關的線索。

「線索就是反光。可能是因為閃光燈太強，經過金屬狗碗的反射，使得照片一部分亮到看不清楚。可是最該反光的玻璃窗卻沒有任何影響，還是一片漆黑。由此可見，妳用黑布或黑紙之類不會反光的東西『從內側遮住了窗戶』。」

「那、那是為了不讓跑到院子裡看熱鬧的路人和媒體記者看到我的房間。」

「不對，妳自己剛才就說了，因為大福變得很怕人，所以妳讓牠和妳一起住在『關著遮雨木窗的二樓房間』。二樓窗戶已經有遮雨木窗可以擋住別人的視線，那妳為什麼還要用東西遮住窗戶呢？」

西條說到這裡停下來，豎起食指。

「外面的遮雨木窗一旦關起來，裡面的玻璃窗就會像鏡子一樣反射光線。妳看，就像這樣。」

他指著的是餐車的車窗。

沒有任何光芒及色彩的昏暗車窗映出三人如蒼白亡魂般的身影，包括偵探、他的助手，以及變化成妖怪「精螻蛄」模樣的真生。

「沒錯，妳之所以要遮住窗戶，是因為不想看到自己變成妖怪的模樣。青兒和我剛認識時也一樣，他完全不敢正視變成妖怪的自己。妳會遮住窗戶就代表妳想逃避自己犯下的罪行。」

西條歪著腦袋，又說了一句「不過」。
「不過，當時的妳是變成什麼妖怪呢？」
真生的心臟猛然一顫。
她發不出哀號，只是不停顫抖。映在車窗上的妖怪也顯出害怕的模樣，如同被黎明光輝暴露出真面目、百鬼夜行中的一隻妖怪。
「妳現在的模樣是『精螻蛄』，這想必是妳和荊一起把近百位罪人打入地獄之後才出現的模樣。但妳是在被趕出爺爺家以後才認識荊的，也就是說，拍下那張照片時，妳並不是『精螻蛄』，而是其他妖怪的模樣。」
真生感到眼前的視野在搖晃，映在車窗上的怪物也同時像麥芽糖一樣扭曲變形，看起來有如一團熊熊燃燒的地獄業火。
（啊啊，我知道……）
她認識這種妖怪。那是火之車，《宇治拾遺物語》提過這種用燃燒著火焰的車子把罪人送到地獄的鬼。
那就是真生以前的模樣。
「如果犯了更重的罪，映在照妖鏡裡的妖怪形象也會跟著改變，所以妳是把一百個罪人的名單交給荊以後才變成『精螻蛄』的模樣。我想，妳第一次變成妖怪應該是在妳母親和她的外遇對象被某人燒死，妳父親扛下殺妻之罪而自殺的時候吧。」

真生不想再聽下去了。

她很想立刻扣下扳機，手指卻無法動彈，因為那樣就是用死亡來逃避罪行——如同為了今晚的遊戲而從白骨恢復成人形的那五個罪人。

而且……

「我從警方相關人士那裡聽說過，妳父親並不是無緣無故遭到逮捕，而是因為凶案現場的監視器拍到可疑車輛的車牌，那就是妳正在放特休假的父親的車子。也就是說，案發時妳父親也在現場，他是因為知道真凶的身分才自殺的……這樣說來，真凶的身分連猜都不用猜。」

突然間，白色的東西遮住真生的視野。

（……雪？）

車窗外的昏暗夜空飄下白色的雪花。

——啊啊，沒錯，是雪。

那時候，真生也是像這樣從窗裡眺望外面紛飛的雪花。就在她把罐裝汽油倒在後座，用顫抖的手指點燃火柴的時候。

是的，真生當時也在車上。她因寒冷和恐懼而不斷發抖，身旁是倒在座位上、不知意識是否清醒的母親。

——她打算拉著家人一起自殺。

真生把路邊的積雪塞進排氣管，用廢氣引起一氧化碳中毒，讓那兩人昏了過去，然後她打破車窗、拉開車門、澆上汽油，接下來她自己再坐進去點火，事情就結束了。

（雖然我不想說他們是我的家人。）

真生打算把一家三口都活活燒死，包括她自己、母親，還有她「真正的父親」。

『那個男人才不是妳的父親。』

案發的數天前，母親一臉不屑地對真生這麼說。就在真生發現了母親外遇，拿出自己拍的證據照片給母親看的時候。

如果父母之後離婚，她一定要跟著父親。她希望能支撐努力當警察的父親，而且有朝一日也要跟隨父親的腳步走上同一條路。但是……

『妳真正的父親是照片上這個男人。當然，我早就決定等妳國中畢業就要離婚。我一直期待著有一天能丟下那個工作狂，一家三口真正地一起生活。』

真生此時終於明白，母親像詛咒似地不斷說的那句「妳跟他才不像」是什麼意思。對她來說，這是徹底的絕望。

她一直深信自己站在正義的一方。

就像父親一樣。

但事實上，真生本身就是違背正義的存在。

從出生開始，她就是母親的共犯、父親的加害者。既然生為一個不義的孩子，她絕無可能做出正義的事。

這樣的話，她希望至少能以「父親的女兒」的身分死去。

但是……

點燃火柴的一瞬間，她受到一股劇烈的衝擊，隨即從不知何時打開的後車門被推出車外。當真生回過神的時候，她已經倒在灰色的柏油路上，看著敞開的車門冒出火焰。

是母親的手把真生推出去的。

那隻手打開車門，讓真生逃到車外。

短短的幾秒鐘以後，車子被噴著火花的烈焰吞噬。現場寂靜得出奇，聽不見半點聲音，也聽不見慘叫聲。之後，真生在飄落的雪花中拔腿奔跑。她拒絕接受現實，逃離了這一切。

如今……

「我還聽說妳的父親……」

西條的聲音把真生拉回現實。車輪「叩咚、叩咚」的聲音不絕於耳。

那是朝著黎明不停奔馳的列車心跳聲。

「……他在接受調查時承認自己『用路邊的積雪塞住排氣管，讓車上的兩人失去意識，然後才下手燒死他們』。他的證詞和案發現場的狀況完全吻合，可見妳父親親眼目睹了凶手殺死妻子和她的外遇對象，卻沒有試圖阻止。妳父親會自殺，或許就是為了抹去這個罪過。」

——啊啊，原來是這樣。

父親當時在放特休假，或許他也發現妻子外遇的事，偷偷跟去那裡。就算真生和父親沒有血緣關係，他們終究是一對相似的父女。

而且，父親如果知道真生不是自己的親生女兒……

（父親恨的不只是母親，他連我也恨。）

所以他只是在一旁默默看著妻子和外遇對象被親生女兒燒死，不打算出手相救。就算連女兒都會一起被燒死。

警察這個頭銜不只是父親的身分，更是他的人生，但父親卻放任凶殺案發生。就算是一時糊塗，他鐵定無法原諒自己把對妻子和外遇對象的復仇看得更重要，所以才會用自殺的方式來懲罰自己。

然後，只有真生一個人活下來。

「活下來的妳和父親一樣無法原諒自己，但是妳承受不了現實，所以把這一切都忘了。」

沒錯，所以真生才把像鏡子一樣的窗戶從內側遮起來，免得看到自己變成「火之車」的模樣，令她再想起那些事。

「就這樣，在妳心裡只留下無處發洩的怒氣。妳氣的是用死亡逃避刑罰的那些大人，以及犯過罪卻還是繼續逍遙法外的自己。那股怒氣不斷找尋發洩的對象，於是妳開始憎恨那些逍遙法外的罪犯，以及藉著死亡逃避罪過的死者。」

真生想要否認，卻無法出言反駁。

絕對不能承認。如果她憎恨罪人的理由只是這樣，如果她光憑這樣就把一百個罪人活生生打入地獄……

「是的，坦白說，妳只是在洩憤。妳想藉著懲罰別人來證明自己是正義的。只要攻擊壞人，妳就成了好人，就可以告訴自己『我沒有錯』。妳持續地懲罰罪人只是為了合理化自己的行為。」

啊啊，是啊。真生終於想起來了，這也是她被封印起來的記憶之一。

荊說過要幫她懲罰一百個罪人，相對地，她要把照妖鏡之眼的力量借給他。而且懲罰完一百個罪人以後，就輪到真生了。

『你是說……我得死嗎？』

聽到真生這麼問，荊輕輕地歪起腦袋。

『因為妳本來就是第一百零一個罪人啊。』

仔細想想，荊從來沒有稱她為「助手」。在那雙琥珀色的眼睛之中，或許真生從頭到尾都只是一個醜陋愚蠢的罪人。

——我受不了。

真生準備用顫抖的手指扣下扳機時……

「……別逃避。」

那出奇沉靜的聲音鑽進她的耳中。

真生愕然抬頭，看到身穿白衣的夜叉。那張太過白皙的臉龐隱含令人恐懼的怒火。

「絕不允許用死亡來逃避罪過——這不是妳的信念嗎？所以妳沒有權利用死亡來逃避罪過，妳有義務繼續活著償還罪債。」

那是比死刑宣告更可怕的發言。

但是……

（啊啊，是啊，我連下地獄的權利都沒有。）

因為真生讓已經死去的罪人又遭到第二次死亡，她才是這班列車上罪孽最深重的罪人。

就算是這樣……

「……對不起。」

真生的嘴唇發出囈語般的聲音。然後，她扣下了扳機。

槍聲響起。

但是她的頭蓋骨之下並沒有噴出血液和腦漿。

抵在太陽穴上的槍飛了出去，手指也痛得像是快要斷了。

「……還好裡面有子彈。」

有個聲音傳來。

真生回頭一看，車廂門前站著一個小小的人影，那人的手上拿著先前在圖書室從偵探助手的槍套裡沒收的左輪手槍。

那是鳥栖。

*

「咦？」

鵜木好不容易說出口的只有這個字。

這也是應該的。青兒如此想著。畢竟她已經把槍抵在自己的腦袋上扣下扳機，槍卻飛了出去，而且阻撓她的還是吃了致死劇毒而奄奄一息的人。

「為、為什麼你會……你不是已經出現中毒症狀，動彈不得嗎？」

她的視線緊盯著鳥栖。

鳥栖一面撿起掉在牆邊的手機型手槍，一面咳嗽清除喉中的痰。他剛才還一副要死不活的樣子，現在卻好像突然痊癒，高燒也退了。

皓在一旁開口說道：

「是啊，蓖麻毒素確實是最劇烈的毒藥，吃進體內之後就會逐漸侵蝕內臟，也沒有救治的方法，只能靜靜等死。不過，鳥栖先生打從一開始就沒有吃下蓖麻毒素。」

鵜木又「咦？」了一聲。

「事情就像妳擔憂的那樣，青兒和鳥栖先生的糖粉在掉到地上的時候已經換過來了。也就是說，青兒不小心給了鳥栖先生另外一包。直到晚餐結束後，下了毒的那包糖粉一直放在青兒的手邊。」

還好我只喝黑咖啡……青兒簡直要感激涕零，不過就算他真的準備吃下去，皓應該也會阻止他吧。

鵜木聞言發出哀號般的聲音。

「可、可是，那鳥栖先生為什麼會出現蓖麻毒素的中毒症狀？他明明劇烈咳嗽又發燒，就連現在都咳得這麼嚴重……」

「是流行性感冒。」

「……啊？」

「劇烈咳嗽、體溫猛烈升高、關節疼痛、脫水——蓖麻毒素的中毒症狀原本就很容易被誤認為流行性感冒。其實青兒直到上週還因為流行性感冒而臥病在床，大概是他傳染給鳥栖先生的吧。」

……呃，完全沒聽說過這件事。

青兒一直以為自己是營養不良加上太過疲勞才導致重感冒，沒想到病了那麼久都沒治好是因為流行性感冒……對了，先前他在飯後拿到的藥都不是市面上的成藥，而是處方藥。雖然青兒很想質問皓為什麼不告訴他，但皓若反問他為什麼自己沒有發現，他也不知道該如何回答。

鳥栖露出冰冷的眼神。

「因為吃晚餐的時候你一直坐在我對面咳嗽，還沒有戴口罩。」

「呃，那個……真抱歉。」

青兒畏畏縮縮地道歉，同時還在心中說著：「你還不是用裸絞勒昏了我。」

「所以我聽妳提到蓖麻毒素的事，立刻就發現妳誤會了。不過鳥栖先生確實有脫水症狀和發燒，所以我把他拖進浴室澆了冷水，所以他的高燒才會退下來。」

「……搞不好我會因此死掉耶。」

算了，這就先不管。

「就算不是這樣，妳應該還是殺不死鳥栖先生。其實用口服的方式本來就不太能發揮出蓖麻毒素的效果，但是蓖麻毒素的原料蓖麻含有毒性極強的生物鹼——蓖麻鹼，和蓖麻毒素一樣會引起發燒及呼吸困難，所以才會害人誤會，總之被妳下毒的糖包打從一開始就殺不了人。」

鵜木想要說「怎麼可能」，結果還是沒說出口，她那茫然若失的樣子彷彿已經不想活下去了。

和荊相似的微笑已從她的臉上消失，或許那只是執行人的面具吧，如今站在他們眼前的鵜木看起來既狼狽又頹喪，非常脆弱。

仔細想想，她才十八歲而已。

（她也一直在逃避。）

他們都一樣。她和青兒完全相反，卻又很相像。如同鏡中的影像和實物雖然左右相反，卻又分毫不差。

青兒一直在逃避，但鵜木甚至不容許自己「逃避」，所以她能做的只有「遺忘」。

——這雙眼睛一定是詛咒。

鵜木一生下來就擁有照妖鏡的能力，有著妖怪形象的罪人在她眼中只是「非人的某種東西」。

從懂事以來，她從來不曾把壞人當作人。

所以，她沒辦法原諒變成罪人的自己，也沒辦法對非人的妖怪抱持著人類的感情——那麼，如果沒有這雙眼睛，她或許就不會殺人了吧？

「那個，鵜木小姐……」

青兒想要叫她，卻沒有說下去，消失的後半句話漸漸落入無邊的黑暗。

就在此時……

「鵜木小姐。」

鳥栖叫道。

他像在安撫哭泣的孩子，既笨拙又僵硬，但又努力表現出溫柔，配合著她的高度彎下身子。

「妳剛才說的話我都聽到了，西條把無線電對講機交給我……他剛才說『從警方相關人士那裡聽說了一些事』，其實都是我告訴他的。」

此時皓的耳朵上也戴著閃閃發亮的耳骨夾式耳機。鳥栖被皓澆了冷水、腦袋冷卻下來以後，就一直在圖書室待命，無線電對講機就是用來跟他聯絡的。

「妳犯下的是殺人罪，連我也差點被妳給殺了，但我還是不希望妳死，因為我是警察，我的工作是要阻止別人死掉或犯罪……而不是抓住壞人後，把他們從世界上鏟除。」

他痛苦地喘著氣，但還是表現出安撫孩子的態度。像是在微笑，又像是在哭。

「妳爸爸一定也是這樣，他不只是為了好人而活，也是為了被妳視為妖怪的壞人而活，所以我不希望妳再殺人或是自殺。」

但是，鵜木似乎忍耐到極限了。

從她喉中發出的聲音比起尖叫更像咆哮。她大叫一聲以後，像孩子一樣氣憤地甩著頭，跑出車廂門。那是休息室的方向。

「鵜木小姐！」

青兒大叫著追過去，但他一衝到休息室就立刻停下來。

「……咦？」

他不明白發生什麼事，不敢相信眼前景象是真的。

那裡有一具屍體。

宛如斷線的人偶，以不自然的姿勢仰躺在地上，空虛地睜著再也不會眨動的眼睛。

那是鵜木。

「為……為什麼……」

在場的每個人都像中了定身咒一樣僵在原地。

這時……

「原來如此。」

有個聲音說道。

青兒突然覺得車窗外的夜色似乎變得更昏暗。

不，那只是錯覺。那片黑夜的黑暗瞬間變得更加凶惡，好像隨時都要衝破車窗、吞噬車內的燈光。
說話的人就在青兒的背後。
「百鬼夜行會在黎明光輝的驅散中迎向終結，照這樣看來，這或許是最適合她的結局。」
「啪」的一聲，彈指的聲音響起。
曾經害得加賀沼喪命的滅火器上面那片空空如也的牆壁，此時突然出現一個方形盒子，上面寫著「緊急煞車」。
「在出發之前，她拜託我藏起緊急煞車。這是要讓其他人無法逃下車的障眼法。所以，我順便在盒子上裝了毒針，如果她想逃走，就會被刺到。」
一旁傳來衣服摩擦的聲音，那個人出現了。
踩著如亡魂般的步伐，搖曳著如凶惡夜色的披肩外套——是凜堂荊。
「不是死，就是逃，再不然就是殺人，有些人只能這樣生存下去——根深蒂固的惡人只能這樣生存下去。拿石頭打壞人的不會是好人，而是比壞人更壞的人，所以除掉了一百隻鬼的她就等於是百鬼夜行。」
至今才出場的荊，像是看著無聊戲劇似地瞇細眼睛，低語聲中彷彿夾帶著令人窒息的黑暗。

不，不對，他一直在車上。

——「鬼」就是「隱」。

如同古時人們畏懼的百鬼夜行，那是看不見但確實存在的東西。

「善人終究無法理解惡人。你們沒有看透她的本性，這就注定你們的落敗。」

荊露出微笑。

如同恐懼與死亡的花苞大大地綻放。

「……以及我的勝利。」

絕望在笑著。

*

皓背後的門關上了。

這麼一來，他和跟在身後的青兒就被隔開。青兒大概會被篁趕回三〇二號房吧。

他被請進房間的瞬間，門就關了起來。

後面那扇門無論要從裡面出去，或是要從外面進來，都得輸入八碼的密碼。或許是因為這樣，皓才會被請來此處。

為了讓他這個輸家和贏家對峙。在這個絕對打不開的密室中。

「歡迎。」

如此說著的荊坐在一張雙人座的沙發上。

這裡是觀景室。如名所示，這個空間和煞風景一詞完全扯不上關係。

室內裝潢得如同鋪著深紅色天鵝絨的盒子，到處擺放的都是古董家具。

底端的牆壁被一片寬敞的玻璃窗所占據，角落有一扇門，可以走到外面的觀景台上。

話雖如此，若是從行進的列車往下跳等於是自殺行為。

「我可以坐下吧？」

「請吧，你的座位是那裡。」

坐在對面的荊的白髮依然帶著死亡的味道。

如人偶般的精緻外表和他纖細的體型十分相襯，看起來弱不禁風，能看見靜脈的剔透肌膚比雪更白，如屍蠟一般。

「那就請讓我先問一個問題，剛才烏栖先生被帶走了，他現在怎麼了？」

荊有些詫異地瞇起眼睛，他一定沒想到皓會先問其他乘客的事。

「他一到終點站就會被釋放，遊戲規則就是這樣訂的。我也幫他準備了身分證明文件和現金，如果他願意，今後可以繼續用『鳥栖二三彥』的身分生活。」

也就是說，他沒有恢復本名。

鳥栖已經被視為自殺者並開出死亡證明，戶籍也被取消了，除了改名換姓之外沒有其他方法。而且，如果他再被人叫了本名，就會化為一灘水，所以他只能捨棄過去的人生。

「好，那你為什麼找我來這裡？」

「這個嘛，為了在抵達終點站之前打發時間……我想，至少要讓你們父子倆好好道別。左邊那個就是你父親。」

哐噹一聲，兩塊鏡子放到桌上。不，仔細一看，那並不像鏡子，而是有著銀白色平面的兩塊青銅——破裂的照妖鏡殘骸。

「原來你是用魔鏡封印了兩位魔王……不過這樣看來，偷走照妖鏡的果然是你。」

荊意外地眨眨眼。

「聽你那語氣，好像你早就知道的樣子。」

「刪改閻魔殿保管紀錄的確實是篁，但是，我怎麼想都想不出篁有什麼動機要偷走照妖鏡。」

沒錯，篁身為看守者，想要借用照妖鏡多久就能借用多久，沒必要偷竊。

「照妖鏡的功能是『揭穿在現世尚未受到懲罰的罪人』，拿走那東西是要做什麼呢？我隨便猜也能猜到，答案就是『地獄代客服務』。而且照妖鏡從倉庫裡被偷出去、鏡子碎片灑落人間是在十八年前，聽說閻魔大王提議讓兩位魔王比試地獄審判就是在那個時候。」

「偷走照妖鏡的是我，下命令的是我父親。這是為了找個擁有照妖鏡之眼的人來幫忙『地獄代客服務』，因為魔族的眼睛不適合。」

是的，所以才要把照妖鏡的碎片灑到人間。

可是灑了照妖鏡碎片之後，他們卻找不到眼睛擁有照妖鏡之力的人，當時的努力完全沒得到收穫。因為……

「或許能夠得到照妖鏡之力的只有小孩吧。遠野青兒、淺香繭花、鵜木真生，這三人的眼睛掉入鏡子碎片分別是在五歲、六歲、〇歲的時候，全是稚齡的孩子。」

俗話說，孩子在七歲前都是屬於神的。或許只有天真無邪的人才能獲得那種力量，所以惡神神野惡五郎的計畫就失敗了。

荊找到擁有照妖鏡之力的鵜木是在三年前，當時地獄審判的競賽已經開始兩年了。

「所以父親才會想到要命令我們十三個兄弟彼此殺伐，使我能趁亂假死，好在暗地裡活躍……為了把你置於死地。」

「是啊，所以棘才坐上繼承人的位置，成為表面上的幌子。這些我都知道了，但有些事怎麼想都想不通。」

皓歪了歪頭。

「為什麼你不殺了棘？」

「什麼意思？」

「一週前，你用霰彈槍射了棘，但霰彈槍用的本來應該是霰彈。如果你用的是霰彈，棘全身中彈，恐怕還沒取出所有子彈就死了，但你為什麼會用一粒彈呢？」

荊聽到這個問題只是靜靜地眨眼。

瀏海底下那雙彷彿能看透一切的眼睛盯著皓。

「因為霰彈的威力不如一粒彈，雖然霰彈比較容易取人性命，卻很難用來阻擋對方的行動。」

「要這樣說的話，你沒射他的慣用手就說不過去了。你真的想要阻止他反擊的話，應該射他的右手才有說服力，但你卻在不可能射偏的距離下射傷他的左肩。你是擔心他會留下後遺症嗎？」

荊輕輕吐了一口氣，歪著頭想了一下，像是壓抑怒氣般地瞇起眼睛。

「……你到底想說什麼？」

「我一直很好奇，對棘來說，你這個雙胞胎哥哥究竟是怎樣的人？雖然他不擅長猜測別人的想法，卻有著過人的直覺，我在奧飛驒消失之後，他也是第一個猜到我在裝死的人。」

沒錯，在棘被鵺咬斷喉嚨的獅堂家那件事之中，他也沒有猜錯凶手的身分。雖然推論過程出了很多錯，但仍找出了答案。棘乍看很好騙，但只要讓他起了疑心，他就是最難騙的傢伙。

「可是，這麼敏銳的棘卻『從來沒有懷疑過你自殺的事』，也就是說，你在棘的眼中確實是會這樣做的人——經過兄弟間的自相殘殺，為了讓弟弟登上繼承人寶座而自殺的人。這點應該沒錯吧？」

荊突然笑了。那不是忍俊不住，也不是嘲笑。

「真是令人不舒服。難道你也是這樣看我的嗎？」

皓面對這個問題並沒有點頭。

他默默地閉上眼睛，接著又睜開，片刻之後才搖頭說：

「不，我不這麼覺得，所以我可以打從心底說出這句……『活該』。」

皓笑了。

如同在寒夜中盛開的大朵白色牡丹花。

荊突然察覺到異樣的氣氛，急忙回頭一看。

潑刺一聲傳來。

皮肉和頭髮燒焦的惡臭同時傳來，接著是一陣慘叫。

那不是荊的聲音，而是從後面悄悄逼近、用小瓶子裡的硫酸潑向他的偷襲者咧大了嘴發出尖銳的叫聲。

因為那人對自己正在做的事感到恐懼和戰慄。

那是乃村汐里，本應被執行人鵜木化為水而消失的乘客。

這時，坐在椅子上的荊直接伸出腳去，踢中乃村的腹側。

乃村橫向倒地，發出短暫的呻吟，不知是撞到肩膀還是頭。荊立刻上前，一腳踩住她的背，令她動彈不得。

他上半部的臉被硫酸潑到，他因劇痛而一面喘氣一面說：

「……為什麼妳還活著？」

他用手遮住左半張臉，露出的右眼變得混濁，被腐蝕得一片血紅的皮膚到處都冒出水疱。

荊失明了。

「直接折斷脊椎應該比較快。」

他一說完就加重踩在乃村背上那隻腳的力道，乃村的喉嚨頓時發出笛聲般的哀號。

「是、是電話！鵜木小姐打電話給我！說我只要依照她的指示殺死你，她就會以執行人的身分放我活著離開！」

若是把她支離破碎的發言合起來看——

乃村一開始拒絕了鵜木要她殺害荊的要求，還為了反抗而企圖自殺，卻被青兒阻止，所以她才答應接受。

「後、後來我就依照鵜木小姐的指示……」

為了偽造出和伍堂消失時相同的情況，乃村在門邊灑水之後離開三〇一號房，接著躲進四號車廂的公共廁所，拿到鵜木事先藏在那裡的硫酸小瓶子。

（啊啊，原來如此。）

皓默默地想通了。

他回想起晚餐前和鵜木在四號車廂的公共廁所前撞上的那件事，或許她那時就是在藏硫酸。

然後……

乃村看準青兒等人因擔心她而趕去三〇一號房的時候跑到休息室，從加賀沼的身上拿到房間鑰匙，躲進因房客死亡而變成空房的七〇一號房。

過一陣子，她從門上的貓眼看到荊從觀景室出來，經過七〇一號房的門前，於是她輸入鵜木告訴她的密碼，潛入觀景室中。

接著她躲在家具後面，拿著裝了硫酸的小瓶子，等待下手的時機。

（鵜木都已經死了。）

但是乃村無從得知這件事，所以她還是依照指示對荊潑了硫酸。

為了存活下去。

因為青兒那句「請妳不要死」激勵了她。

「妳有問過她為什麼要殺我嗎？」

被荊這麼一問，乃村如同被踩扁的青蛙，呻吟著說：

「鵜、鵜木小姐說，如果你問了就這樣告訴你：『我想要成為你，你卻不讓我成為你。今晚我就要死了，既然我以後再也不能懲罰罪人，還不如拉著你一起死。』」

荊發出大笑。

像個觀賞喜劇的觀眾，愉快地、覺得很可笑地顫抖著肩膀和喉嚨大笑。

「……她就算死了都是個大壞蛋呢。」

他彈響手指。

突然，乃村的頭頹然垂下，像個哭累的孩子一樣打著呼。她睡著了。

「你沒有殺了她吧？」

皓提問的語氣帶著一絲意外。

相較之下，荊只是靜靜移開踩在乃村背上的腳，臉上沒有任何敵意或惡意，彷彿看著毫不關心的某種東西。

「對了。」

皓說道。

喀的一聲，他故意響亮地把手中的手槍拉開擊鐵。

「你早就料到會這樣吧？」

他拿在手上的是左輪手槍——S&WM19型。

那是烏栖還給青兒的手槍，青兒又交給皓做為防身之用。其實那本來是棘愛用的手槍。

事實上，乃村被踢倒在地時，皓立刻抽出懷中的手槍，如果乃村有性命危險，他隨時會扣下扳機。可是荊沒有注意到有一把槍對準自己，因為皓舉起槍時沒有發出任何聲音。

換句話說，荊的雙眼都失明了。

「……果然瞞不過去啊。」

荊自言自語似地說道，放開蓋在左臉上的手。

接著有個東西從他的臉上落下，如同被黏著劑黏住的東西剝落。那是逐漸凝固的血和膿，以及臉皮。

他露出來的左眼和右眼一樣混濁。皓把槍口對著那隻眼睛，吸了一口氣。

「我一直有個疑問。今晚的規則說，到達終點站之前都不能加害彼此，而違規的懲罰是『判定落敗』。換句話說，比賽結果出爐之後，這條規則對輸家就沒意義了。」

這樣看來，贏家有兩個選擇，要麼是在到達終點站之前把輸家關在車上的某處，要麼是贏家自己躲起來。

「可是，你偏偏把我和你關在這間密室中，而且你還知道我的身上帶著防身武器。」

說完，皓扣在扳機上的手指更用力了一點，並深深吐出一口氣。

「這樣簡直像是在對我說『殺了我』。這就是你的心願嗎？」

荊只是微笑，沒有作聲。

看到那雙眼睛時，有一股令人麻痺的戰慄爬過皓的背脊。

那雙隱含著蒼白昏闇的雙眼中什麼都沒有。

或是……只有黑暗深沉的虛無。

「……事情本來就是這樣。」

荊歪著腦袋微笑。他似乎光是呼吸就痛得快要昏厥。

「殺伐和爭奪都只有一個目的，那就是把惡神神野惡五郎打入地獄，搶走他耗上一生追求的魔王寶座。這就是我──和『假裝自相殘殺』而死的十一個哥哥的心願。」

呢喃的聲音裡帶著死亡的味道。

如同血與膿，或是活著的屍體。

「以血還血，以命還命──我們兄弟十二人做了這個決定。要活下來的只有兩個人，一個是最有可能殺死那個男人的我，另一個則是我把那男人殺死之後必須坐上魔王寶座的人，也就是對整件事一無所知、討伐了我這個殺父仇人、以正統繼承人的身分坐上魔王寶座的人──那就是棘。只不過是這樣。」

皓閉上眼睛。

他的睫毛顫動，半張的嘴唇彷彿準備說話，但最後還是閉了起來，片刻之後他才又睜開眼睛。

「所以你計劃讓我殺了你。你要在今晚的比賽結束後，讓落敗的我殺死你這個弒父的叛徒，好讓棘坐上魔王寶座……這就是你的劇本吧。」

荊沒有回答，大概是覺得沒必要回答。

黎明步步逼近，皓剩下的選項只有兩個。

殺死荊，或是被荊殺死。

「但是……」

皓突然開口。

「喀」的一聲，他把手槍放在桌上，然後緩緩轉向荊。

「現在我又想到一個選項。」

他微笑著說道。

像是被稱為百禍之王的鬼，又像是正值青春的少年。

他的表情如同為寵物感到驕傲的主人，又如同為獨一無二的朋友感到自豪的孩子。

「如果讓你覺得不舒服，那真是抱歉了，青兒就是這樣。」

緊接著……

「皓！」

皓背後的門打開來。觀景室的門設定了八碼的密碼，除了荊以外應該沒有其他人打得開。

一個人衝進來擋在皓的身前，像是要保護他。

那是青兒。

然後，迅雷不及掩耳——

荊還沒因訝異而扭曲臉孔，就已經從懷中抽出手槍，把槍口對準聲音傳來的方向，準備扣下扳機。

「……原來是這樣，我終於明白了。」

有個聲音傳來。就在荊的身邊。

荊一聽就僵住了，從雙腳的腳尖到扣著扳機的手指都僵硬不動。

在他露出破綻的瞬間，有一隻手從旁邊伸過來，抓住手槍，並以食指卡在擊鐵前方，讓子彈無法射出。

「為什麼……」

荊低語的聲音聽起來像是夢囈，一雙混濁的眼睛睜大到目眶欲裂。

「……為什麼棘會在這裡？」

沒錯，說話的人就站在他身邊。

他隱藏聲息，悄悄來到伸手可及的距離。

——是凜堂棘。

*

青兒首先衝到皓的身邊。跟他一同出現的棘，第一件做的事則是用手杖狠狠地朝著荊的腦袋揮落。

哐的一聲。

荊似乎被打得腦震盪，隨即跪倒在地。棘馬上抱住荊，一看到他混濁的雙眼，就咬緊牙關。棘讓荊躺在地毯上，隨手取下他的帽子，輕撫他的瀏海，然後嘆了一口氣。

一旁的皓開口說道：

「真是千鈞一髮啊……不過沒想到你進得來。」

「解密碼時多花了一些時間。我本來以為應該是他喜歡的作曲家或小說家的出生年月日，沒想到是阿嘉莎．克莉絲蒂的死亡日期。」

——啊？到底是怎麼回事？

如果是平時的青兒應該會一頭霧水，不過他現在什麼都知道。

沒錯，追根究柢，事情是開始於皓寄給棘的一封信。

在這一週裡，棘表面上看來因重傷而昏迷不醒，其實只是假裝昏迷，靜待逃脫的機會。

皓看穿了這一點，就把荊送來的邀請函拍照傳給棘，還順便附上和這班列車在途中交會而過的另一輛列車的班次。

（想不到他真的有辦法在中途上車。）

青兒愕然地回溯著記憶。

『如果你醒來了，就看看窗外。』

青兒在圖書室裡聽到皓的聲音這麼說，立刻轉向窗外，就看見棘攀在運貨列車的外側，用特技演員也自嘆不如的俐落動作跳到藍色幻燈號的車頂。

在那之後……

青兒急忙搖下車窗，依照皓在對講機中的指示，把點燃的香菸伸到車窗外，給車頂上的棘打暗號，等棘從窗子跳進圖書室以後，就把三〇二號房的鑰匙交給他，讓他躲在房間裡。接著……

『圖書室的窗戶如果打開，我就會立刻收到警告通知。』

後來篁立刻趕到圖書室，差一點就露餡了。

（這簡直是在賭博啊。）

讓棘進入車內這件事等於是在賭博。

棘像是一隻負傷的野獸，根本預測不出他會咬誰——他會報復背叛他的荊嗎？會救出成為人質的父親嗎？會成為皓的敵人嗎？就連他會依照怎樣的目的行動都無法預測。

但是……

「我把籌碼押在棘的敏銳直覺。如果荊這一連串行動有什麼內幕，他一定感覺得出來。」

所以，青兒被隔在觀景室外以後，就把對講機交給躲在三〇二號房的棘，讓他可以聽到荊和皓的對話。

他相信皓一定有辦法問出荊的真心話。

如今——

棘慢慢走到桌邊，拿起兩塊照妖鏡之中的一塊拋出去。鏡子碎片在空中劃出一道弧線，落到皓的手中。

「這是謝禮。」

他說道。

「光是這樣還不太夠喔。」

「我現在就把剩下的付給你。」

說完，棘隨意舉起手杖的前端，隨即迸出槍聲和火藥味。

但是現場沒有濺血。

桌上只見破碎的照妖鏡殘骸，那正是被親生兒子殺死的惡神神野惡五郎的靈魂所在。

「……這就是你的回答嗎？」

皓如此問道，棘沒有回答。

他緩緩抱起荊，毫不猶豫地踏過地毯，一腳踢開通往觀景台的門。

棘走到觀景台，寒風立刻迎面吹來。

這個環繞著扶手的半圓形空間，視野非常開闊。他一抬頭，呼吸便化為白色霧氣，遠方是一片冬季的森林。

如同用深色顏料畫成的山巒稜線全都覆蓋著雪，那片白色開始染上淡淡的藍色。

天就要亮了，列車即將抵達終點站。

就在此時——

（咦？車輪的聲音……）

豎耳傾聽，能聽出列車正在減速。

於此同時，橫亙於眼下的寬廣河面竄入視野。前方車廂爬上了在朝靄中筆直延伸的鐵橋。

這時……

棘依然抱著荊，慢慢朝扶手走近，他腳下用力一踏，飛身跳上扶手。

接著他的鞋跟靈巧地轉了半圈，面向皓和青兒二人。

「關於這次比賽，惡神神野惡五郎一派宣告落敗，由魔王山本五郎左衛門一派獲得勝利，魔王寶座之爭勝負已分。」

棘高聲宣布自己一方的敗北。

接著，他竟然以漫不經心的動作把荊拋下河，脫下帽子按在胸前行了一禮。

「……真不想叫你多保重。」

「我也不想聽到你對我這麼說。」

最後和皓說完這句話，棘就從扶手上一躍而起，跳下河中。

水聲幾乎難以聽聞。

在青兒愕然眨眼時，列車已經駛離鐵橋，視野被冬天黎明特有的微弱光線占據。

彷彿今晚所見的一切，只是僅限一夜的夢境。

叩咚、叩咚，車輪的聲音接連不斷。

朝著終點站而去。

「呃……所以我們贏了嗎？」

「等列車抵達終點站才算是正式結束，不過對方還沒等到那時就棄權了，所以我們已經獲勝……不過，我總覺得好像是他們贏了就跑，感覺真不痛快。」
皓難得板著臉。那兩人有可能會一起溺死在河裡，但青兒總覺得應該不會。不管怎麼說，畢竟是棘。
（啊啊，對了，這麼說來當上魔王的就是……）
雖然青兒這樣想，但又覺得這不像是真的。
除了他們還活著以外。
青兒覺得，只要皓活下來就夠了。如今他們兩人站在一起，這樣就夠了。
突然……
「快要到站了，請兩位回到車廂裡。」
伴隨這平和的聲音，篁出現在觀景室的門邊。
他從衣服裡取出懷錶，低頭一看，然後「喀」一聲闔上蓋子，眼看就要轉身離去。
「篁……」
皓叫住他。
「你是早就知道這一切，才決定要協助荊嗎？」
篁轉過身來，用難以看穿的表情對著皓說：
「照荊大人所說，他在偷走照妖鏡的時候刻意留下線索，讓我有機會跟他接觸，後來他把一切都告訴我，還要求和我比賽雙六棋，輸的人就要把命交給對方。」

「……他的膽子還真大，連我都沒有贏過你呢。」

「是啊，您一次都沒贏過，而且您也沒有很想贏我吧。」

篁瞇起眼睛，像是在緬懷遙遠的記憶。

「我既然輸了，只好賭上性命協助他。再說，我的個性本來就沒辦法對蠻橫的掌權者坐視不管。看到兩個魔王對自己的孩子如此暴虐，我實在看不下去。」

「……是啊，你的確是這種人。」

皓垂下眼簾，點頭說道。

篁又接著說了「而且」。

他臉上帶著似乎經過千年都不曾改變的微笑，像是因光芒太過炫目而瞇起眼睛。

「我相信您會活下來，就像我以前守護著您那樣。若非因為這些事，您一定不會想要逃出那座鳥籠吧？」

皓突然皺起臉。

他好像想說什麼話，但又咬緊牙關搖了搖頭，彷彿死命壓抑某種洶湧的感情。

「……就算是這樣，我也不打算原諒你。」

「這是我的榮幸。」

說完以後，篁恭敬地行了一禮，如煙霧飄散般消失。
還留在原處的只剩皓。
雖然表情看似快要哭了，但他隨即嘆一口氣，甩了甩頭，昂首望天。黎明逐漸降臨，天空中的雲和風都染上藍色。天空無比澄澈，卻又顯得很寂寥——只有無止境的藍。
眼前能看到的只有天空。
最後，朦朧的盡頭出現市鎮。如同宣告著旅行於銀河鐵道的這一夜夢境已經結束。
皓做了個深呼吸，轉頭看著青兒。
「回去吧，青兒。」
青兒點點頭，和皓一同邁出步伐。
兩人一起踏上歸途。
接著，藍色幻燈號抵達終點站。

第三怪◆人，或是終章

這是第二次的地獄了。

不是啦，現在說的是在便利商店抽籤的事。

青兒聽著店員的「歡迎光臨」，在文具區拿了履歷表、走向櫃台，結果又看到那個眼熟得很不吉利的箱子。

「請抽一次籤。」

青兒懷著不祥的預感挑了一張紙，果不其然，出現的是他以前也看過的兩個字。

——地獄。

在懷念和忌諱之下，青兒半哭半笑地把籤紙交給店員。

「咦！這、這是……這張籤！竟然會有人抽到！」

「……啊？」

店員不等青兒詢問就開始解釋，說店裡有一段時間因為流行性感冒而人手不足，店長叫他做籤筒的時候他非常不爽（引述本人發言），一時起了邪念，就偷偷在籤筒裡混入兩張「地獄」。

原來那只是個平凡無奇的惡作劇。事情說開之後，根本沒有任何怪異或因緣……不過，有人可以接連抽中兩張「地獄」倒是有些嚇人。

「那就請你轉換一下心情，再抽一張吧。」

聽店員這麼說，青兒搖了搖頭。

「沒關係，不用了。那個……我覺得地獄也不是那麼不好。」

這是他的真心話。

店員笑著回答「什麼啊，太搞笑了」。

「那就用這個當作補償吧。」

店員從櫃台裡遞出兩罐咖啡，然後說「請下一位來結帳」，所以青兒心懷感激地收下，拿著裝入履歷表的塑膠袋，聽著店員的「謝謝惠顧」走出自動門。

他立刻在車擋上坐下來，把罐裝咖啡打開來喝。還好是黑咖啡。

（而且是熱的，太好了。）

身邊吹過的風有點冷，但寒風刺骨的季節早已過去，風中似乎帶有光明的氣息。

凝神傾聽，可以聽見行道樹搖曳的窸窣聲。枝葉的綠，天空的藍，映入眼簾的一切都明亮無比。

春天已經來了。

藍色幻燈號上的那一夜結束了。

和青兒悄悄交換聯絡方式的鳥栖，首先傳來分享近況的訊息。後來他和乃村也聯絡上了，聽說她正在治療憂鬱症，但偶爾還是會和鳥栖約出去吃飯。

真是太好了——經過如同惡夢的那一夜，青兒只有這個想法。

（不對，還有另一個。）

前陣子青兒和鳥栖見面了。雖然鳥栖穿的不是帽T和牛仔褲，而是符合年齡的外套，但看起來還是年輕得近乎詐欺。

「其實那是在模仿我哥哥的打扮。」

鳥栖說道。他說的哥哥，其實是母親再婚對象的兒子。

哥哥本來是繼父引以為傲的獨生子，但自從在車禍中毀容以後，就一直把自己關在二樓的房間裡。母親受不了氣氛這麼沉重的生活就離開了，後來連繼父也不堪負荷，所以拋下他們兄弟二人。

然後……

『你會餓嗎？』哥哥問了他這句話以後就自殺了，但他在上吊之前還先打電話報警說：『我弟弟快要餓死了。』

「不知為何，後來我若是不模仿哥哥就覺得坐立不安。我詳細調查了他的文章、相簿、社群網站。我自己不知道這是為什麼，不過從留聲機的內容聽來，我等於是偷走了哥哥的人生。」

鳥栖的語氣還是一樣平淡，但這樣更讓人感到他深埋心中的痛苦和悲傷。

所以青兒努力絞出乾涸的腦汁，思索著該說些什麼。

「……呃，鳥栖先生，你只是不希望哥哥死掉吧。」

「什麼意思？」

「因為對你來說，問了你『會餓嗎』的哥哥是唯一的家人，所以我覺得你可能想要藉著模仿哥哥來讓他活下去吧。」

青兒不知道自己是不是猜對了。但是……

「……如果是這樣就好了。」

鳥栖這麼說道，表情像是在笑，又像是在哭。而且，理所當然地，那完全是活生生的人的表情。

順帶一提，青兒仔細看了加賀沼寄放在他這裡的「信」，發現角落寫了一句「來吃吧」。雖然他不知道那是什麼意思，但還是依照加賀沼的要求貼上郵票寄出去。

聽烏栖說，傳單上那間居酒屋是加賀沼的弟弟工作的場所。

加賀沼在服刑期間被家人斷絕關係，但是因為他手邊有這張傳單，原本應該可以和弟弟重修舊好。

結果加賀沼還是沒去那間店。他一直把傳單帶在身上，直到那張紙變得破破爛爛。

在那之後……

篁和凜堂兄弟至今依然下落不明。

但是前些日子，烏邊野佐織的怪談部落格更新了內容，那篇《招來死亡的偵探》的都市傳說有了一些變化，據說偵探的真實身分其實是一對雙胞胎兄弟，而且他們的活動據點不知為何從日本變成英國。大概就是這樣吧。

接著冬天結束了。

青兒離開皓的身邊已經四個月。這段時間算長還是短，青兒自己也不清楚。

經過那一夜以後……

坐上魔王寶座的皓，並沒有釋放魔王山本五郎左衛門的靈魂。

「因為某人的緣故，害我從出生以來一直被關在房子裡，我多少要回敬他一番。」

皓輕鬆地這麼說，看來是打算把父親關個上百年。

但是……

「……你沒問題嗎？」

皓曾經說過，他還沒有強大到少了魔王山本五郎左衛門這個後盾還能活下去。反過來說，如果他再次回歸父親的庇護下，就能和先前一樣在白花八角下的房子裡過著平穩的生活——和紅子以及青兒一起。

「我已經是魔王了，現在還沒有人敢公然反抗我。不過我想那只是遲早的事……還是得趁早做些安排才行。」

皓邊說邊拿出曾被青兒撕碎的那個地址，不過這次多加一句「我一定會回來」。

「我得從頭好好想一想今後該怎麼生活，為了讓我今後也能活得像自己。不管怎樣，我都會平安回來的，因為這就是我啊。」

沒錯，青兒相信皓就是這樣，所以他沒說「再見」就離開了那間房子。

總有一天會再見——青兒對這件事比對自己的事更有把握。

至於青兒自己……

（雖然皓已經付了半年房租，但我也差不多該找工作了。）

所以他又開始看求職網站，一如既往地過起短期打工生活。要說是前途無量嘛……還不如說是正好相反。

無家、無職、無財——他這三無青年的身分依然沒變，將來想必還是得過著可恥的人生。

但青兒感到自己的未來無可限量，過去那段在黑暗中佇足不前的日子已經結束。

因為在他的前方有個人一直拉著他的手往前走。

就像在幽暗地獄中追著一隻蝴蝶。如同誘蛾燈，如同回家路上的燈光，如同黎明光輝那樣耀眼。

所以，他覺得自己一定有辦法。只要知道彼此都活在這世上的某處。

如今……

世界已經充滿春天的色彩。

青兒被風吹得瞇起眼睛。他想要抽根菸，摸了摸上衣口袋，但又打消念頭。現在已經沒有人會對他說教了。

他突然好想回去。

但是……

「……該走了吧。」

青兒輕拍臉頰鼓舞自己，站了起來。他正要離開時——

「咦？」

一抬起頭就看到那個人。

心臟彷彿真的停一拍。他呆呆張著嘴卻發不出驚呼，心底湧出的情感哽住喉嚨。

在他空白的腦袋還沒意識到那是誰之前——

「皓。」

他開口叫道。

然後……

「好久不見，青兒。」

聲音、動作、微笑，全都和從前一樣。

——是皓。

接著……

站在便利商店門口閒聊不太得體，所以兩人去了附近的公園，坐在長椅上。

由於機會難得，青兒把另一罐咖啡給了皓，皓說著：「呵呵，青兒要請客啊？」愉快地喝了一口，然後笑容滿面地把罐子放在長椅旁……可能是太苦了吧。

皓看到從塑膠袋裡露出來的履歷表。

「哎呀，你在找工作啊？已經找到了嗎？」

「呃，這個，還沒啦。老實說我不太擅長想東想西，決定先開始做再煩惱。」

「呵呵，很有你的風格，這樣很好。」

「……是嗎？」
「是啊。」
兩人相視而笑，然後皓有些困擾地吁了一口氣。
「其實我現在也是無業遊民……因為我不當魔王了。」
「……啊？」
「正確的說法是，我拚著性命把這寶座推給別人了。」
從皓的解釋聽來，日本原來就有可以稱為真正魔王的人物。
仔細想想，魔王山本五郎左衛門是在源平之戰的時候才跑來觀戰，在那之前掌管日本的，是一隻比惡神神野惡五郎更強大的妖怪。但那隻妖怪某天突然失蹤，才演變成這兩人爭奪魔王寶座的局面。
「是的，那位就是妖怪的大頭目『滑瓢』。如名字所示，那是一隻滑溜得無法掌握形體的妖怪，我和紅子兩人拚死拚活地找了他四個月。」
結果他們發現滑瓢竟然以一副隱居老人的姿態，悠然過著退休生活。
「所以我請求他再回到寶座上。具體來說，我是效法了荊的做法，賭上性命與他比賽雙六棋，好不容易才獲勝。」
就這樣，如今魔王寶座上坐的是妖怪的大頭目滑瓢。因兩位魔王消失而陷入混亂的魔族們，終於能恢復表面上的平靜。

「剩下的問題是我的生計，所以我跑去向閻魔殿自我推銷。」

「……啊？」

「其實閻魔殿也正因為失去篁而陷入混亂，坦白說，他們現在忙到什麼人都想找來幫忙。我本來想慢慢地接下篁的職位，但因為我年齡太小，所以長大成人之前暫時在家工作，負責處理人間的業務。換句話說，就是『地獄分公司』。」

皓還笑著說「我正在想要不要挖一個通往冥府的水井呢」。

青兒心想，還好自己已經先把咖啡吞下去了。

如果還含在嘴裡，可能會因為太過震撼而像魚尾獅一樣噴出咖啡。

但是，這就是皓想出來的答案吧。

他一直在苦思、找尋自己的生存之道，既然如此，這個結局一定是最好的。

「呃，所以在你長大成人之前，還是會像過去一樣住在那間房子裡嗎？」

「嗯，是啊，大概還要一百年吧。」

皓凝視著青兒。在樹葉篩落的陽光下，那張臉看起來和從前見過的白花八角的花朵一樣潔白。彷彿吸收了柔和的春天陽光，從內而外放射出光芒。

「所以，你可以再陪我一百年嗎？」

皓筆直盯著青兒，微笑著說道。

「說得具體一點，我希望你以寄宿助手的身分幫忙我的工作，希望有朝一日你能用勞動還清我幫你償還的三千萬圓債務……如果你找到其他工作，也可以只在假日來幫忙。」

青兒驚訝地眨著眼。令人頭昏腦脹的話語在他的腦海中浮現又消失。他忍不住按住雙眼，不然眼淚好像就要奪眶而出。

「……從現在開始一百年，好像還不足以還清耶。」

「這個嘛……那就請你戒了菸，盡量努力看看吧。」

皓笑著如此回答。

青兒也笑著站起來。和過去不同，他主動朝皓伸出手，表示願意接受。

「那就走吧。」

兩人一同邁出步伐。

*

在這個世上，或許真的有和鬼一起生活的人吧。

後記

大家好，我是路生よる，非常感謝各位翻開這本《地獄幽暗亦無花》。我把這部作品寫成了有妖怪和凶殺案和搞笑、既古典又懸疑的偵探小說。說到底，我的寫作動機可能是「人的恐怖」吧。

人是很恐怖的，恐怖得令人受不了，對人性了解得越深入，越會怕到躲在棉被裡發抖。不過，就算害怕還是想知道，這也是人性啊。在讓人害怕又想知道的事情中，包括犯罪、社會病理、心理學、民俗學……還有一個令人無法不喜愛的就是妖怪。

案件和偵探，人類和妖怪，我把所有想寫的東西都寫進來，創作出《地獄幽暗亦無花》這部作品。我覺得，能把自己想寫的東西寫出來，並且送到願意看的人手中，簡直像奇蹟一般。在創作這部作品的三年間，我一直享受著「做完這件事之後隨時死去都很幸福」的幸福當中，真是令我感激不已。

比較敏銳的讀者或許已經發現，《地獄幽暗亦無花》是寫了春夏秋冬四個季節、在投稿時已經計劃好要寫成四集完結的系列。能夠順利把故事分成四段說完，雖然該檢討的地方很多，但我總算鬆一口氣。

對我來說，アオジマイコ老師畫的每張插畫都是我完成《地獄幽暗亦無花》這部作品並將其展露在世人面前的動機，真的非常感激。

此外，《地獄幽暗亦無花》也被改編成漫畫。看到每一格的人物、背景、動作、台詞都完全符合原作，而且還增添了漫畫的趣味，真令我覺得自己是天底下最幸福的人。如果大家不嫌棄，也請觀賞一下漫畫版吧。

雖然這個故事已經告一段落，但我很榮幸地聽到了要求我再寫續集的呼聲，如果今後可以再跟青兒和皓、棘和荊繼續相伴就太好了。希望和這些人物的緣分還能延續下去。

地獄的事也是取決於鬼。

那麼，人間的事應該是取決於人吧。

在故事中，寂寞的人身邊有了陪伴的人，但願讀了這個故事的你身邊也有專屬於你的幸福。

PS：在第三集發售後，我做了個人網站，因為太低調了沒什麼存在感，如果讀者願意來參觀就太榮幸了。

https://www.michio-yoru.com/

主要參考文獻

《江戸の妖怪革命》（角川学芸出版／香川雅信著／二〇一三年）
《百鬼夜行の見える都市》（筑摩書房／田中貴子著／二〇〇二年）
《百鬼夜行絵巻の謎》（集英社／小松和彦著／二〇〇八年）
《妖怪文化の伝統と創造　絵巻・草紙からマンガ・ラノベまで》（せりか書房／小松和彦編／二〇一〇年）
《日本妖怪学大全》（小学館／小松和彦編／二〇〇三年）
《アラマタヒロシの妖怪にされちゃったモノ事典》（秀和システム／荒俣宏著／二〇一九年）
《幻想世界の住人たちⅣ 日本編》（新紀元社／多田克己著／一九九〇年）
《妖怪の民俗学　日本の見えない空間》（岩波書店／宮田登著／一九八五年）
《図説そんなルーツがあったのか！ 妖怪の日本地図》（青春出版社／志村有弘著／二〇一三年）
《近江むかし話》（洛樹出版社／滋賀県老人クラブ連合会、滋賀県社会福祉協議会編／一九六八年）

《日本伝奇伝説大事典》（角川書店／乾克己等編／一九八六年）
《石の伝説》（雪華社／石上堅著／一九六三年）
《日本怪異妖怪大事典》（東京堂出版／小松和彦監修／二〇一三年）
《妖怪事典》（毎日新聞社／村上健司著／二〇〇〇年）
《百鬼解読　妖怪の正体とは？》（講談社／多田克己著／一九九九年）
《図説・日本未確認生物事典》（柏美術出版／笹間良彦著／一九九四年）
《近江の民話　金剛輪寺の油坊》（渡辺守順著／民俗文化通巻18号／一九六五年）
《小豆洗いの起源について　なぜ小豆を洗うのか》（山之内杏美著／駒沢史学73号／二〇〇九年）
《これがオリエント急行だ》（フジテレビ出版／一九八八年）
《オリエント急行の旅》（世界文化社／櫻井寛著／二〇〇五年）
《「なな つ星in九州」のすべて》（宝島社／二〇一四年）
《乗車ルポ！最新豪華列車の旅》（ネコ・パブリッシング／二〇一四年）
《殺人分子の事件簿　科学捜査が毒殺の真相に迫る》（化学同人／John Emsley 著／二〇一〇年）
《毒の話》（中央公論社／山崎幹夫著／一九八五年）

國家圖書館出版品預行編目資料

地獄幽暗亦無花．4，百鬼繚亂夜行列車 / 路生よる作；
HANA 譯．-- 初版．-- 臺北市：臺灣角川，2020.08
　面；　公分．-- (Kadokawa light literature)(角川輕．文學)

譯自：地獄くらやみ花もなき．肆，百鬼疾る夜行列車
ISBN 978-957-743-950-5(平裝)

861.57　　　　109008563

地獄幽暗亦無花 4 百鬼繚亂夜行列車

原著名＊地獄くらやみ花もなき 肆 百鬼疾る夜行列車

作　　者＊路生よる
插　　畫＊アオジマイコ
譯　　者＊HANA

2020年8月10日　初版第1刷發行

發 行 人＊岩崎剛人
總 編 輯＊呂慧君
副 主 編＊溫佩蓉
美術設計＊邱靖婷
印　　務＊李明修（主任）、張加恩（主任）、張凱棋

台灣角川

發 行 所＊台灣角川股份有限公司
地　　址＊105台北市光復北路11巷44號5樓
電　　話＊（02）2747-2433
傳　　真＊（02）2747-2558
網　　址＊http://www.kadokawa.com.tw
劃撥帳戶＊台灣角川股份有限公司
劃撥帳號＊19487412
法律顧問＊有澤法律事務所
製　　版＊尚騰印刷事業有限公司
I S B N＊978-957-743-950-5